共和国故事

# 美好未来
——国营企业改革全面启动

董　胜　编写

吉林出版集团股份有限公司

图书在版编目（CIP）数据

美好未来：国营企业改革全面启动/董胜编. —
长春：吉林出版集团股份有限公司，2009.12
（共和国故事）
ISBN 978-7-5463-1792-2

Ⅰ．①美… Ⅱ．①董… Ⅲ．①纪实文学－中国－当代 Ⅳ．①I25

中国版本图书馆 CIP 数据核字（2009）第 236773 号

## 美好未来——国营企业改革全面启动

MEIHAO WEILAI　　GUOYING QIYE GAIGE QUANMIAN QIDONG

| 编写 | 董胜 |
|---|---|

责任编辑　　祖航　李娇
出版发行　　吉林出版集团股份有限公司
印刷　　三河市嵩川印刷有限公司

| 版次 | 2010 年 1 月第 1 版 | 2022 年 1 月第 9 次印刷 |
|---|---|---|
| 开本 | 710mm×1000mm　1/16 | 印张　8　字数　69 千 |
| 书号 | ISBN 978-7-5463-1792-2 | 定价　29.80 元 |

社址　　吉林省长春市福祉大路 5788 号
电话　　0431－81629968
电子邮箱　　tuzi8818@126.com

版权所有　翻印必究

如有印装质量问题，请寄本社退换

# 前　言

自1949年10月1日中华人民共和国成立至今,新中国已走过了60年的风雨历程。历史是一面镜子,我们可以从多视角、多侧面对其进行解读。然而有一点是可以肯定的,那就是,半个多世纪以来,在中国共产党的领导下,中国的政治、经济、军事、外交、文化、教育、科技、社会、民生等领域,都发生了深刻的变化,中国人民站起来了,中华民族已屹立于世界民族之林。

60年是短暂的,但这60年带给中国的却是极不平凡的。60年的神州大地经历了沧桑巨变。从开国大典到60年国庆盛典,从经济战线上的三大战役到经济总量居世界第三位,从对农业、手工业、资本主义工商业的三大改造到社会主义市场经济体制的基本确立,从宜将剩勇追穷寇到建立了强大的国防军,从废除一切不平等条约到独立自主的和平外交政策,从"双百"方针到体制改革后的文化事业欣欣向荣,从扫除文盲到实施科教兴国战略建设新型国家,从翻身解放到实现小康社会,凡此种种,中国人民在每个领域无不留下发展的足迹,写就不朽的诗篇。

60年的时间在历史的长河中可谓沧海一粟。其间究竟发生了些什么,怎样发生的,过程怎样,结果如何,却非人人都清楚知道的。对此,亲身经历者或可鲜活如昨,但对后来者来说却可能只是一个概念,对某段历史的记忆影像或不存在,或是模糊的。基于此,为了让年轻人,特别是青少年永远铭记共和国这段不朽的历史,我们推出了这套《共和国故事》。

《共和国故事》虽为故事,但却与戏说无关,我们不过是想借助通俗、富于感染力的文字记录这段历史。在丛书的谋篇布局上,我们尽量选取各个时代具有代表性或深具普遍意义的若干事件加以叙述,使其能反映共和国发展的全景和脉络。为了使题目的设置不至于因大而空,我们着眼于每一重大历史事件的缘起、过程、结局、时间、地点、人物等,抓住点滴和些许小事,力求通透。

历史是复杂的,事态的发展因素也是多方面的。由于叙述者的视角、文化构成不同,对事件的认知或有不足,但这不会影响我们对整个历史事件的判断和思考,至于它能否清晰地表达出我们编辑这套书的本意,那只能交给读者去评判了。

这套丛书可谓是一部书写红色记忆的读物,它对于了解共和国的历史、中国共产党的英明领导和中国人民的伟大实践都是不可或缺的。同时,这套丛书又是一套普及性读物,既针对重点阅读人群,也适宜在全民中推广。相信它必将在我国开展的全民阅读活动中发挥大的作用,成为装备中小学图书馆、农家书屋、社区书屋、机关及企事业单位职工图书室、连队图书室等的重点选择对象。

编　者
2010 年 1 月

# 目录

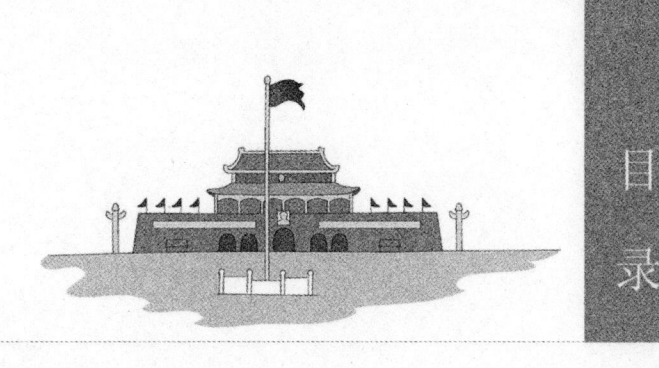

## 一、改革试点

四川省先行企业扩权试点/002

中央组织进行扩权改革试点/004

进行扩权改革试点调查/008

国务院相继提出改进办法/013

不断超越"放权让利"思路/016

加快企业利改税步伐/020

各行业全面推行"拨改贷"/030

探讨企业转换经营机制/033

国务院提出转让国有产权改革/036

## 二、全面推行

全面推行企业承包经营制/040

进行政企分开的机构改革/043

企业采取兼并重组获新生/047

推行并购重组求发展/053

全国进行国企股份制改革/058

企业"两权分离"成效显著/062

打响国有企业改革攻坚战/065

# 目录

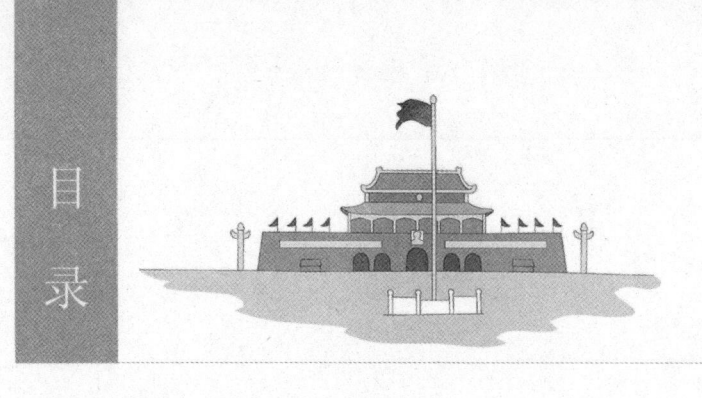

依靠国企改革振兴经济/068

深化企业改革重现生机/072

## 三、深化发展

转换经营机制深化改革/076

利用外资改造老企业/079

依靠改制寻找企业出路/083

改革产权制度增强活力/088

大力推进国企综合改革/091

纺织业积极推行产权改革/094

加快转换企业经营机制/098

国企实施体制改革获成效/102

借上市之机建立现代企业制度/104

大刀阔斧改革内部机制/107

规范化改制取得明显成效/112

改制使老企业焕发生机/115

# 一、改革试点

● 中共中央、国务院要求各地区、各部门要继续搞好扩大企业自主权的试点，认真贯彻按劳分配的原则……把企业和经济搞活。

● 王丙乾指出："企业改革是城市经济改革中首要和基本的环节，为此首先要解决好国家和企业的分配关系。"

● "意见"指出："国有企业改制是一项政策性很强的工作，涉及出资人、债权人、企业和职工等多方面的利益，既要积极探索，又要规范有序。"

# 四川省先行企业扩权试点

1978年10月,中共四川省委选择了不同行业有代表性的宁江机床厂、重庆钢铁公司、成都无缝钢管厂、四川化工厂、新都县氮肥厂、南充丝绸厂6家企业作为试点,逐户核定利润指标,规定当年增产增收目标,允许在年终完成计划以后,提留少量利润作为企业的基金,并允许给职工发放少额奖金。

1979年2月12日,中共四川省委在试点的基础上,制定《关于扩大企业权利,加快生产建设步伐的试点意见》,简称"十四条"。

文件提出,要使企业拥有利润提留权、扩大再生产权、联合经营权、外汇分成权、灵活使用奖金权。要求把企业的"责权利"结合起来,把国家、集体、个人三者利益结合起来。并且决定扩大范围,在100家企业中进行扩权试点。

四川的扩权试点得到了企业的热烈响应。

四川省委书记给大家鼓劲说:"干好了,闯出条路子;干不好,我做检查。"

扩大企业自主权,是对我国传统的国有企业管理制度进行改革的一种较早的探索,且是自下而上进行的。

国务院曾于1978年制定并发布了《关于扩大国营企业经营管理自主权的若干规定》,就企业可拥有部分计划、销售、资金运用、职工福利基金和奖励基金的使用等问题，做了说明。

这一政策的出台，意在改革政府和企业的各种关系，使企业从政府的附属物向具有一定自主权和权益的相对独立的经济实体转变。

扩大企业自主权就是要找到一条出路，跳出在行政性分权的"老套中循环"。

《人民日报》于1979年2月19日的社论中提出：

**当务之急是扩大企业的自主权。**

许多经济学家都对这项改革寄予了希望。经济学家廖季立认为，改革的中心是围绕扩大企业自主权来调整生产关系和上层建筑。

周叔莲、吴敬琏、汪海波等人提出，关键是必须使社会主义企业自动化，时时刻刻发挥企业的主动性，首先必须承认它在经济利益上的独立性。

四川省委主要领导之所以"自下而上"选择改革突破口，基于两点认识：一是企业是国民经济的细胞，搞活经济首先要把细胞搞活；二是企业自主权一旦实行，必然引起连锁反应，四面突击，逼得各个部门非改革不可。

扩大企业自主权的改革试点，率先从四川搞起来。此后，其他省、市，如云南省、广西柳州等地，也仿效四川的做法，开始扩权试点。

# 中央组织进行扩权改革试点

1979年初，时任中共中央副主席的李先念找时任国家经委副主任、党组副书记的袁宝华谈话，要求国家经委认真研究扩大企业自主权的问题。在做了一些调查研究之后，国家经委研究室搞出了"扩权十条"。

3月13日至20日，国家经委在北京召开企业管理改革试点座谈会，参加会议的企业代表对"扩权十条"热烈拥护。

4月5日，"扩权十条"提交到中央工作会议，在会上也得到认可，原则通过。

李先念在中央工作会议上的主题讲话中，把扩大企业自主权列为经济管理体制改革的4个"原则和方向"问题之一。他提出要把企业经营好坏与职工的物质利益挂钩。企业办得好，职工收入可以高一些，集体福利和奖金可以多一些，以便更好地调动广大职工的积极性。

在是否扩权问题上，中央工作会议上各方面的意见比较一致，但在扩权的限度上有分歧。

因此，李先念说，哪些事情应由中央和地方部门管，哪些应由企业自己做主，还需要认真调查研究。

5月25日，国家经委、财政部、外贸部、中国人民银行、国家物资总局、国家劳动总局6个部门联合发出通知，确定在北京、上海、天津选择8个企业作为全国的试点。

这8家企业分别是：北京内燃机总厂、首都钢铁公司、北京清河毛纺厂、上海汽轮机厂、上海柴油机厂、上海彭浦机器厂、天津动力机厂、天津自行车厂。

1979年7月9日至13日，在四川成都召开全国工作会议。时任国务院副总理的康世恩主持会议，财政部部长吴波专程到会听取意见。

成都会议的一个重要内容是最后通过的5个文件，即扩大企业经营管理自主权，实行利润留成，开征固定资产税，提高折旧率和改进折旧费使用办法，实行流动资金全额信贷。

这5个文件在1979年4月中央工作会议上原则通过，又在6月召开的五届人大二次会议上征求过意见。

但在这次会上，仍然发生了激烈的争论。企业代表，四川和云南省代表，与财政部代表争论了好几个小时。

争论的焦点是，扩大企业自主权，会不会影响国家财政收入。

争论是由云南省扩大企业自主权试点引起的。云南省先后两批50个工厂开始试点，其中省属各系统的30个，地、州、市属的20个。

与四川不同，云南的试点没有得到国务院部门的支持。国务院部门认为，云南省《关于扩大企业权利问题的通知》中的规定，对国家财政收入有直接影响，要求云南省予以纠正。然而，云南省委顶住压力，没有中断试点。

在会上，云南代表用事实说明，扩权非但没有影响财政收入，反而增加了收入。1979年上半年，云南省的国家财政收入比去年同期增长了13.3%。

时任四川省财政厅长的田纪云，在会上介绍了四川的经验，支持了云南的观点。四川全省工业利润比去年同期增长17%，而84个试点工厂的利润同期增长却是26%，比全省水平高50%以上。

田纪云说："水涨船高，发大财的还是国家嘛！"

一位领导人听后，称赞说："你们把经济工作搞活了，成了一个'孙悟空'。"

田纪云的发言很有力，最终说服了财政部代表。许多企业负责人都表示，愿意成为试点单位。

为了加快推动改革，国家经委在很大程度上接受了财政部的意见，达成妥协。所以，这5个文件扩权有限，让利也有限。

例如在企业留利比例上，比四川省的文件规定低10个百分点，四川省规定最低15%，最高25%，而国务院规定最低5%，最高15%。

1979年7月13日，国务院正式印发5个文件。

文件扩权内容最重要的有两条：一是在利润分配上，给企业以一定比例的利润留成；二是在权力分配上，给企业以一定的生产计划、产品购销、资金运用、干部任免、职工录用等方面的权力，以打破企业是政府机关的附属物，吃国家"大锅饭"的体制。

其基本思路是，希望把企业经营好坏与企业和职工利益挂钩，以调动企业职工的积极性。

《人民日报》《光明日报》等主要媒体对四川、云南等地扩大企业自主权试点的成效，做了集中报道和宣传。

随后，各省、市、自治区和国务院有关部委，根据国务院的要求，选择各自所属国营企业组织试点。到1979年底，试点企业扩大到4200个。

经济学家在理论上支持这项改革，最著名的倡导者是蒋一苇，他以提出"企业本位论"而闻名。

袁宝华后来回忆说：

> 蒋一苇的企业本位论观点，是在理论上对我们的一个最大的支持。

## 进行扩权改革试点调查

从 1979 年底至 1980 年初，中共中央和国务院有关机构，组织了多次扩权改革试点调查。

1979 年 10 月 17 日至 12 月 7 日，中央办公厅研究室理论组到四川、安徽、浙江等省调查，和 3 省 7 市领导人、有关经济部门负责人，以及 20 多个企业厂长、经理、党委书记，座谈 40 多次。

在 1979 年冬，人民银行总行也组织了一个经济改革调查小组到四川调查，走过成都、灌县、乐山、自贡、重庆、渡口等地，跑了 10 多个厂、店。

同时，薛暮桥带领中财委体制组，到上海去看经济改革情况。

在各路调查中发现，地方对扩权改革很热心，最积极的是企业，包括企业管理者和职工。

时任成都量具刃具厂厂长的陈威仪说，石头埋在土里当然冲不出地面，如果是种子，那一定会破土而出。

合肥无线电厂党委书记提出，搞"自负盈亏加一长制"，自告奋勇"组阁"承包。还有一些长期在经济管理部门工作的人员，也积极支持改革。

时任安徽省经委副主任的倪则庚，从新中国成立起就在工交战线工作。倪则庚说，对竞争忧心忡忡是没有必要的，我们会越争越兴旺。

四川省一位主要领导人说，四川目前是想通过试点走出一条路子来。安徽省一位主要领导人谈到改革，也饶有兴趣。

企业职工的态度，显然是与其切身利益联系在一起的。扩大企业自主权最直接的好处，就是企业有了财力，解决职工迫切的"三子"问题。

工人多年来关心的，一是孩子，二是房子，三是票子。孩子问题是上山下乡儿女要求返城就业；房子问题是 10 多年没盖宿舍，很多年轻人结婚没分房子，生了两个孩子还在"打游击"，有的地方三世同堂，最多的五世同堂；三是票子，10 多年没加工资，物价涨了，可是实际工资略有下降。

在扩大自主权后，"三子"问题要逐步解决。关于孩子问题，省委主要领导出了个点子，用老工厂的废旧车间、闲置旧机器办起大集体，把子弟吸收进来。这样上山下乡的子女都可以回来。老子帮儿子，供销科帮大集体跑市场，结果办起来的大集体不但不亏本，还赚钱。

关于房子问题，企业基金中公共福利部分，首先用于建房子。自贡等地都盖了新工人宿舍，要求住房的解决了三分之一，没分到房子的也看到了希望。

扩大企业自主权试点，显现出"搞活企业"的最初成效。主要是企业有了一定的改善经营管理，适应市场需求的动力和财力。

1979 年，全国实行经济调整，一些企业陷入生产任务不足的严重困境，特别是钢铁工业和机械工业面临的压力更大。

然而，四川没有出现这种局面，他们让企业自己想办法，依靠市场救活自己。

重庆钢铁厂年生产能力为 60 多万吨钢材，国家下达的生产计划只有 55 万吨。重钢自找市场，同省内外 200 多个单位签订供货合同，自销钢材近 13 万吨，占钢材销售总额的 19%，钢材年产量比 1978 年反而增长了 12%。

中南橡胶厂组织了几十个小组，到云南、贵州及全国各地跑。从前是采购人员满天飞，此时是推销员满天飞。到处去征求意见，提高产品质量。他们的做法得到了省委主要领导的鼓励。

四川宁江机床厂的例子更典型。1979 年，宁江机床厂计划生产机床 314 台，物资部门分配时，只有 50% 的产品有销路，其余找不到需要单位，通知该厂削减指标。

6 月 25 日，宁江机床厂在《人民日报》上登出"承接国内外用户直接订货"的广告，结果订户盈门，销路大开，相继签订国内外合同 1000 多台，超过计划 3 倍。

扩大企业自主权，开始引进市场竞争。四川宁江机床厂广告一登，使国内同类厂家受到巨大压力。宁江厂生产的 7 毫米的自动车床，具有高生产率、高精度和加工稳定、操作简便等特点，出厂价 9500 元。这迫使上海、辽宁、杭州、西安等地厂家不得不降价。

西安一个机床厂因降价亏本，无法继续生产。宁江厂广告一登，杭州一个仪表设备厂订户纷纷退货，弄得这个厂无法维持，只得发动职工去推销，成品销完就关门不干了。上海第十一机床厂，也承认比不上宁江厂，准备转产。

试点企业有了一定的扩大生产的动力和资金能力。1979年2月，重庆第二针织厂用提留企业基金6万元，买回20台织袜机，上半年投产后获利13.8万元。后用这笔资金又买回织袜机60台，到年底共获利63万元。

扩大企业自主权改革试点，对计划经济体制构成了冲击，在传统体制上打开了一个缺口。

在生产过程中，试点企业获得了在国家计划之外自行安排部分产品生产的权力，冲击了按指令性计划生产的制度，企业开始适应市场需要组织生产。

在流通过程中，试点企业在设备、原材料、燃料动力供应和产品销售方面，都有了一点灵活性，冲击了物资部门统收统配和商业部门统购包销的制度，使一部分生产资料开始作为商品进入市场。

在自销产品价格方面，试点企业有了一定浮动定价权。作为扩大企业自主权的副产品，生产资料双轨制价格初露端倪。

在利润分配方面，试点企业留利比例还很低，但毕竟企业有了自己独立的经济利益，冲击了国家财政统收统支制度。

而计划外生产和销售的扩大，创造了市场生成和发育的空间，为非国有经济包括城镇集体经济、农村乡镇企业和城乡个体经济的发展创造了条件。

因此，扩权改革对市场化的启动起到了重要作用。

中办研究室的调查报告说：

> 我们所调查接触到的人，企业厂长、经理、书记、各经济部门负责人，或省市领导人，积极于改革、致力于试点的都大有人在。尤其许多基层干部，可以说是雄心勃勃、劲头十足。

# 国务院相继提出改进办法

1980 年，中央领导人和理论界都在寻求新的突破。当时的国务院领导强调，要把研究解决扩权改革以后出现的"新情况，新问题"提上日程。

中央领导认为，在总的体制没有变动的情况下，自下而上改革的，各方面矛盾很多，牵扯面很大，如果不解决新矛盾，就前进不了，甚至已经改了的也巩固不住。

所谓"新问题"，大体有两个方面：一是已经进行的初步改革，同尚未改革的整个经济体制的矛盾；二是企业搞活以后出现的一些不正当的做法。而前者是主要的，大量的。

国务院领导的基本思路是，在目前还不能骤然进行大改大革的情况下，要寻求具体的改善措施，解决新出现的问题，以巩固已有的改革成果。

中央领导提出了解决 6 个方面问题的想法，这 6 个问题是：

1. 自有资金的使用和流向问题；2. 利润留成悬殊造成苦乐不均的问题；3. 市场调节和克服生产经营的盲目性问题；4. 扩大自主权与专业化改组结合问题；5. 发挥大城市作用的问题；6. 奖金问题。

1980年4月9日至19日，国家经委在南京召开第二次全国工交会议。会议确定继续搞好扩大企业自主权试点，并把地方企业扩权试点的审批权下放给各省、市、自治区，特别要求选择少数矿山，进行扩大自主权试点。要在国家计划指导下，进一步搞好市场调节，协调好工业、商业、外贸、财政、银行、物价、物资等各方面的相互关系。

针对会议有争论的奖金发放问题，经国务院领导层商议，确定了几项原则：奖金发放应该有一个控制额；企业在规定的奖金范围内，可以自行确定具体奖励办法等。事实上，还是给予企业发放奖金的更大自主权。

5月17日，中共中央、国务院批转了国家经委关于全国工交工作会议的报告，并要求：

> 各地区、各部门要继续搞好扩大企业自主权的试点，认真贯彻按劳分配的原则，在国家计划指导下，把市场调节进一步搞开，把企业和经济搞活。

随后，扩权改革试点进一步扩大。到1980年6月，发展到6600个，占全国预算内工业企业数的16%左右，产值占60%左右，利润占70%左右。

1980年9月2日，国务院同意并批转国家经委《关于扩大企业自主权试点工作情况和今后意见的报告》，对一年多来扩权改革进行了总结，并提出一些改进的办法，例如：

改进现行的利润留成办法，最根本的是要对价格、税利进行合理的调整和改革；

积极进行企业独立核算、国家征税、自负盈亏的试点，这是从利润留成向前发展的必然趋势；

赋予试点企业在计划、产品销售、物价方面一定的自主权，而企业对留成资金的使用要有充分自主权；

实行固定资产和流动资金有偿占用等。

同时，在经济管理体制不能大动的情况下，决策层对改组企业抱有很大期望，希望通过组织各种形式的经济联合体，自下而上、循序渐进地脱离地区封锁、部门分割的体制，并促进企业之间的竞争。

为此，国务院先后发布了《关于推动经济联合的暂行规定》和《关于开展和保护社会主义竞争的暂行规定》两个文件。

从文件可以看出，改进的办法仍然是循着"放权让利"的基本思路进行的。

## 不断超越"放权让利"思路

解决扩权试点与旧体制的矛盾，根本出路是要改革整个经济体制。初期改革，微观试验太多，而宏观体制改革没有规划，微观与宏观脱节。

对于这种现象，在1980年第一次来访的联邦德国经济学家古托夫斯基也觉察到了。

古托夫斯基认为，中国在扩大企业自主权方面取得了很大进展，自由市场发展得很好，改善了居民的供应。但是，古托夫斯基忧虑，中国在微观经济方面进行的试验太多，如上缴利润、利润留成方面。企业各自为政，存在着无政府主义状态。在宏观经济上看不到完整的规划，尤其是看不到在微观经济方面的局部试验和宏观经济有什么联系。

1981年9月14日至15日，古托夫斯基应薛暮桥之邀，第二次访华时，就中国经济改革和财政金融问题提出了咨询意见。

当时，一批中国经济学家开始超越"放权让利"的思路，探索新的改革思路。

在中央财经领导小组周围，形成了一个主张"社会主义商品经济"的改革学派。主要代表人物是薛暮桥、杜润生、于光远、马洪、廖季立等人。

其中，薛暮桥既是国务院经济研究中心总干事，又是国务院体制改革办公室顾问。还有一大批在新中国成立后接受经济学教育的经济学家。

当1980年以"放权让利"为主要内容的国有企业改革导致了经济的剧烈波动时，薛暮桥就提出了单纯注重激励机制的改革的局限性，他主张把重点放到"流通改革"上。

薛暮桥于1980年初夏在为国务院体制改革办公室起草的《关于经济体制改革的初步意见》中，明确指出：

> 我国现阶段的社会主义经济，是生产资料公有制占优势，多种经济成分并存的商品经济。

在文件初稿中没有这句话，是薛暮桥最后加上去的，但这句话概括了这个文件的精髓。

文件提出：

> 我国经济改革的原则和方向应当是，在坚持生产资料公有制占优势的条件下，按照发展商品经济的要求，自觉运用价值规律，把单一的计划调节改为在计划指导下，充分发挥市场调节的作用。

总的设想是：把企业从部门和地方行政机构的附属

物，改为相对独立的经济单位；把分散的"大而全""小而全"的经济单位，改为按专业化协作和经济合理的原则组织起来的经济联合体；把受行政系统分割的封闭的产品分配调拨体系，改为统一领导的开放的商品市场；把按条条、块块组织经济活动，改为通过经济中心来组织经济活动；把自上而下的指令性计划制度，改为自下而上、上下结合的指令性和指导性结合的计划制度；把主要依靠行政办法管理经济，改为主要运用经济手段调节经济；把忽视法治改为严格法纪，加强经济立法、司法和监督等。

这份文件被提交到1980年9月中央召开的省、市、区第一书记会议上。这次会议的主要议题是讨论农业改革政策。为了向关心改革总体方向的与会者通气，对这份文件没有深入讨论。

薛暮桥在会上做了一个说明：

> 在我们起草这个文件的时候，深深感到所谓经济体制的改革，是要解决在中国这块土地上，应当建立什么形式的社会主义经济的问题，这是社会主义建设的根本方向。将来起草的经济管理体制改革规划，是一部"经济宪法"。

薛暮桥的意见，实质上是建立以市场为基础的经济体系，在这种体系中重新定位国家与企业的关系。

薛暮桥的话，给国务院主要领导人以重大影响，但是，这一改革思路在决策层未能成为共识。

从"放权让利"的实践看，企业仍然没有摆脱政府部门附属物的地位，单一的行政性"分权"和"让利"，并不能确定企业"自主经营、自负盈亏、自我约束、自我发展"的商品生产者地位。

此外，由于当时的宏观改革政策未能配套进行，政府赋予企业的各种权力，有的并没有真正落实，有些实际上已重新被政府收回，或者被地方政府截留。

这些现象使人们认识到，政府与企业之间的经济关系，需要运用经济杠杆实现规范化，企业在获得某种权力的同时，也应承担与其相应的责任。

所有这些，都有赖于改革的进一步深入和新的改革措施的出台。

## 加快企业利改税步伐

1982年,五届全国人大五次会议之后,国务院决定加快国营企业利改税的步伐。国务院多次召开常务会议,听取财政部关于利改税问题的汇报。

国营企业实行利改税,是在充分酝酿和经过几年试点后确定的一项重大改革。在处理国家与企业之间的分配关系上,实行利改税是改革的方向。

国务院领导对利改税问题,做了重要指示:

关于利改税的方向,不能走利润包干的路子。要下决心,除极少数企业外,都集中搞利改税办法。利改税步子可以加快。

关于改革的原则,提出要管住两头:

一头是要把企业搞活;一头是国家要得大头,企业得中头,个人得小头。

关于改革的步骤,先大面积解决企业"活"的问题,要求又活又不致出大问题;征收地方税的问题,放到后一步再研究。

第一步先实行税、利并存，大企业缴55%的所得税，税后利润由国家与企业合理分配，可以按财政部提出的利润递增包干、定额包干、比例包干办法，也可以搞调节税。

根据国务院常务会议的要求和国务院领导的重要指示精神，财政部和国家体改委在1982年12月至1983年1月，派联合调查组分赴上海、天津、济南等地，对6691户国营工、交、商企业，进行了系统的调查测算工作。

财政部在总结试点经验和调查测算的基础上，制定了《关于国营企业利改税试行办法（草案）》，并于1983年2月25日，向国务院做了报告。

1983年2月28日，国务院批转了财政部《关于国营企业利改税试行办法（草案）》的报告，并责成财政部召开全国利改税工作会议，研究修改试行办法（草案），制定具体规定并部署工作。

1983年3月17日至29日，财政部在北京召开了全国利改税工作会议。

会上传达了国务院领导对利改税的指示精神和国务院文件，讨论修改了《关于国营企业利改税办法（草案）》，以及有关征收所得税和企业财务处理的几个具体规定，部署了利改税工作。

在这次会议期间，时任财政部副部长的田一农，对利改税试行办法中若干问题做了说明，并全面阐述了利改税的优越性。

4月12日,财政部向国务院提交了《关于全国利改税工作会议的报告》,并将修改后的《关于国营企业利改税试行办法》报国务院审查。

1983年4月24日,国务院批转了财政部《关于全国利改税工作会议的报告》和《关于国营企业利改税试行办法》。

1983年4月29日,财政部发布《关于对国营企业征收所得税的暂行规定》,制定了对国营企业征收所得税的具体办法。同年的6月1日,国营企业普遍实施征收所得税。

在国务院和各级人民政府的重视下,利改税第一步工作进展得比较顺利。

至9月下旬,除煤炭部、邮电部等部门所属企业暂不实行利改税外,其余的中央所属21个部属局、公司的利改税方案,都已核批下达。

地方各省、自治区、直辖市的利改税方案,也都核批下达,落实到企业。

到1983年底,全国有盈利的国营企业,除微利企业及经国务院或国家经委、财政部批准继续实行利润包干等办法的少数企业,实行利改税的工、交、商企业共有10.71万户,占盈利企业总户数的92.7%。

1983年实行利改税的国营工、交、商企业共实现利润633亿元。1983年实行利改税的工、交、商企业共留利121亿元，比1982年增长27亿元，增幅28.2%，大大超过工业产值、实现税利、上缴税利的增长幅度。企业留利占税利总额的比例，由过去的15.7%上升到17.9%。

实践表明，利改税的第一步改革，有其积极的意义和作用：

第一，利改税是国家与国营企业分配关系的重大改革，符合经济体制改革的方向和要求。

利改税突破了长期以来对国营企业不能征收所得税的理论禁区，第一次把国营企业作为独立的商品生产者，纳入了所得税的纳税人范围，把国家与企业的分配关系，基本上纳入了固定的轨道，有利于加强企业的经营管理和稳定国家财政收入。

第二，利改税打破了长期以来国营企业吃国家"大锅饭"的局面，比较好地处理了国家、企业和职工个人三者的利益关系，体现了"国家得大头，企业得中头，个人得小头"的原则，扩大了企业财权，调动了企业积极性。

第三，国营企业按规定上缴所得税后，税后利润留给企业，使企业在健全经济责任制、改善经营管理、提高经济效益方面有了压力和动力。

第四，利改税后各类各级企业不论隶属关系如何，都要向中央和所在地方纳税，有利于打破部门、地区界限和减少不必要的行政干预，按照客观经济规律组织社会化生产，为财政管理体制改革创造条件。

利改税第一步改革也存在许多需要进一步完善的地方。如税种比较单一，难以发挥税收调节经济的杠杆作用；税后利润的分配办法仍然比较纷繁，国家同企业的分配关系还没有定型；企业之间留利差别很大等问题。

1983年8月，时任国务院副总理田纪云，向中央和国务院领导提出了关于进一步完善利改税制度的设想，全面阐述了第一步利改税取得的成效和存在的问题，论述了加快税制改革步伐的必要性和紧迫性，提出了设计第二步改革方案的设想。

通过对利改税制度的进一步完善，带动整个经济改革，成为城市经济体制改革的突破口。

利改税第二步改革的目的和原则，是为了解决利改税第一步改革存在的缺陷，加快完善利改税制度的步伐。

1984年1月12日，田纪云在《经济日报》上发表了题为《关于完善利改税制度的几个问题》的署名文章，进一步阐述了利改税第二步改革的根本目的和原则。

文章指出：

在拟订第二步改革方案中，要解决中国经济体制政企不分的弊端。通过完善利改税制度，使企业在经济利益上同条条或块块脱钩。由按企业隶属关系划分经济利益的做法，改为不分隶属关系都依法向中央和地方缴纳不同税收的办法，以利于把企业应有的经营管理权真正交给企业，政府职能部门真正"从政"。

1983年9月与10月间，财政部和国家体改委组织联合调查组，分赴上海、湖北、四川、陕西等地，拟订第二步利改税方案，并做了调查研究和测算工作，初步论证了改革方案的可靠性。

1984年，在各地区、各部门的密切配合下，财政部对全国各类企业1983年的有关财务、税收数据，进行了普查，先后设计和测算了20个方案，反复研究论证，并听取了部分地区、主管部门和企业的意见。

在此期间，财政部还多次向国务院和中央财经领导小组做了详细的汇报。

1984年4月21日，国务院召开常务会议，听取财政部关于第二步利改税方案汇报。经过讨论后，改革方案初步确定下来。

1984年5月15日，国务院在向六届全国人大二次会议提交的《政府工作报告》中提出，从1984年10月开始，在全国进行利改税第二步改革。

1984年6月22日至7月7日，在北京召开的全国利改税第二步改革工作会议，着重讨论了利改税第二步改革的重大意义，研究了第二步改革方案，修改了财政部草拟的各种税收条例草案，以及有关的财务会计处理办法草案。

时任国务院副总理的姚依林、田纪云，国务委员兼国家计委主任宋平,出席了这次会议。

国务委员兼财政部部长王丙乾,在开幕大会上做了报告。

王丙乾指出:

企业改革是城市经济改革中首要和基本的环节,为此首先要解决好国家和企业的分配关系,财税部门和各有关部门要抓好有利时机,积极推行利改税第二步改革。

进行利改税第二步改革的指导思想是:

要进一步处理好国家同企业的分配关系,从根本上解决企业吃国家"大锅饭"的问题,并且为解决职工吃企业"大锅饭"的问题创造条件;既要保证国家财政收入的稳定增长,又要使企业在经营管理和发展上有一定的财力保证和自主权,在政策上使企业感到有奔头,有更大的后劲;要发挥税收经济杠杆的调节作用,体现国家的奖励和限制政策,并缓解价格不合理而带来的一些矛盾,以利于国民经济的调整和改革。

会议认为:利改税的路子要坚定不移,毫不动摇。

1984年7月，国务院办公厅发出了《关于今后不再批准企业实行利润递增包干等办法的通知》，要求各地区、各部门，加强对利改税第二步改革的领导，从财政、税务机关抽掉精干的人员，组成利改税办公室，负责办理日常工作。

国务院办公厅同时要求，及早地制订本地区、本部门的具体实施方案。

8月10日，财政部向国务院提交了《关于在国营企业推行利改税第二步改革的报告》和《国营企业第二步利改税试行办法》。

1984年9月7日，国务院向全国人大常委会提交了《关于提请授权国务院改革工商税制和发布有关税收条例（草案）的议案》。

9月18日，六届全国人大常委会七次会议通过了国务院提交的议案，决定授权国务院在实施国营企业利改税和改革工商税制的过程中，拟定有关税收条例，以草案形式发布试行。

同日，国务院根据全国人大常委会的决定，发出《批转财政部关于在国营企业推行第二步利改税报告的通知》，并发布了《中华人民共和国国营企业所得税条例（草案）》和《国营企业调节税征收办法》，同意《国营企业第二步利改税试行办法》，从1984年10月1日起试行。

同年10月，国营企业普遍实施了利改税第二步改革，进一步改进了国营企业所得税。

这个税种是国家直接参与企业利润分配的税种，也是利改税的关键性税种。它在利改税第一步改革中已经建立，根据第二步利改税的要求，在内容上做了适当改进，并由原来财政部的暂行规定，改为国务院的税收条例，其法律作用更强了。

第二步利改税确定的国营企业所得税制的主要内容是：

> 对国营大中型企业按55%比例税率征收国营企业所得税。

同第一步利改税时相比，国营企业所得税主要在两方面进行了调整：

> 一是制定了新的8级超额累进税率，对小型国营企业改按新税率征税，平均税负比原来降低了3%至5%，也使每一级的实际税负趋于合理。
> 二是对饮食服务行业征收了统一的所得税。对于一部分税后利润较多的大中型国营企业，征收国营企业调节税。

征收调节税是为了保证国家财政收入的稳定，调节企业由于资源、价格、技术装备、地理位置等客观因素而形成的级差收入，作为利改税改革的辅助措施。调节税由税务部门负责征收。

第二步利改税，对保证国家财政收入的稳定增长，进一步扩大企业自主权，改变企业吃国家"大锅饭"的局面，缓解价格不合理的矛盾，强化税收对经济的调节作用，起了一定的积极作用。

同时，对把国家和企业之间的分配关系纳入法治轨道、政企分离及整个经济体制改革，起了积极的推动作用。

## 各行业全面推行"拨改贷"

1985年1月起,"拨改贷"在全国各行业全面推行。早在1978年改革之前,在高度集中的计划经济体制下,资金配置主要通过财政渠道,并依据国家计划进行。

在这一体制下,企业的资金来源呈现以下特点:长期资金归财政负责,短期资金归银行负责;无偿资金归财政,有偿资金归银行;定额资金归财政,超定额资金归银行。这一体制,一直延续到1978年。

党的十一届三中全会的召开,揭开了经济体制改革的序幕。随着农村实行联产承包责任制和乡镇企业的发展,城市经济单位恢复企业奖励和利润留成办法,财政推行分级预算包干制,国民收入分配格局出现了大调整,财政在资金配置中的比重迅速下降,企业和个人收入的比重迅速上升,并通过信用渠道流入银行。

货币化程度的提高,使银行的资金变得相对充裕,财政投入在国民生产总值中的比重下降,为"拨改贷"创造了条件。

1979年8月,国务院批准了国家计委、国家建委、财政部《关于基本建设投资实行贷款办法的报告》和《基本建设贷款试行条例》,并决定,从1981年起,凡是实行独立核算、有还款能力的企业,进行基本建设所需的投资，除尽量利用企业自有的资金外，一律改为银行贷款。

"拨改贷"，即国家对基本建设投资拨款改为贷款的简称，是固定资产投资管理体制的一项重要改革。

在1979年，"拨改贷"首先在北京、上海、广东3个省市及纺织、轻工、旅游等行业试点，取得了较好的效果。

1980年，国家又扩大基本建设投资拨款改为贷款的范围，规定凡是实行独立核算、有还贷能力的建设项目，都要进行"拨改贷"改革。

1985年1月决定实行"拨改贷"，就是经过总结后，在全国各行业全面推行的。

"拨改贷"就是原来实行的列入国家预算，由国家直接无偿拨款的基本建设投资，除无偿还能力的项目，改为由中国人民建设银行贷款解决。

实行"拨改贷"的原因是，我国长期实行基本建设投资由国家预算无偿拨款，缺乏经济效益，为加强建设单位的经济责任制，提高投资收益，国家推行了"拨改贷"。

在"拨改贷"全面推行后，国家对行政事业单位等非营业性的无偿还能力的建设项目，仍实行无偿投资，这样，国家预算内直接安排的基本建设投资，分成预算内拨款投资和预算内"拨改贷"投资两部分，两种资金在建设银行分列账户，分别管理，分别核算。

"拨改贷"是金融改革的起点，也是金融改革的逻辑起点。从此，国有企业开始从政治激励转向经济激励，相应的，银行也开始从国家计划的执行者和国家财政的出纳，开始向国家专业银行转型。

在当时"清一色"的全民企业和高度集中的计划经济体制下，通过适当方式增强企业的经济激励和预算约束涉及面较窄，相对容易突破，符合渐进式改革的要求。

从整个银行改革的逻辑看，"拨改贷"在增强了企业预算约束的同时，也使企业对银行贷款的依赖性增强，银行的商业化转型也就成为必然。

# 探讨企业转换经营机制

1992年12月,部分全国知名国有大企业代表和首都经济理论界的专家学者数十人,会聚在北京,共同探讨大型特大型企业转换经营机制问题。

有关部门和经济学界人士吕东、马洪、王忠禹、刘国光、洪虎、陈秉权等人,参加了这次研讨会。

12月16日,时任中共中央政治局常委、国务院副总理的朱镕基到会和与会者座谈,并就代表们提出的问题发表了意见。

在中国社会科学院工业经济研究所主办的这个研讨会上,来自武钢、太钢、大同矿务局、一汽、东风汽车公司、西安飞机公司、华能精煤公司、上海江南造船厂、南京无线电厂等我国著名大型特大型企业的代表,就各自企业在转换经营机制过程中遇到的问题和贯彻《全民所有制工业企业转换经营机制条例》,与专家学者一道展开了深入研讨。

在这次会议上,企业家和学者们提出,"条例"的颁布将极大地促进国有大企业由传统体制向市场经济体制过渡。今后一个时期的中心任务就是要把"条例"的各项规定落到实处。国有大中型企业首先要加强经营管理,从而提高产品质量和企业效益,增强企业在国际上的竞争能力。

针对国有企业，特别是国有大型、特大型企业，在深化改革，向社会主义市场经济体制转变中面临的情况和问题，与会者提出，企业经营机制转换的前提是政府职能的转变，应加快这一转变的步伐。

同时，应加快国有企业产权改革，使国有企业的产权进一步明晰化。要逐一落实企业的经营自主权，加快国有企业的股份制改造。

此外，应促进企业集团的健康发展，加快社会保障制度的改革，以及重视为企业提供一个公平与规范的市场竞争环境。

在研讨的同时，企业家和专家学者还就"条例"的贯彻落实提出了建议。

1993年7月5日至6日，由国家经贸委会同中国企业管理协会、中国工业经济协会联合举办的转换企业经营机制研讨会，在北京召开。

来自28个企业，18个省、市经委和国家体改委、财政部等部委的有关负责人及部分专家、学者，共100多人出席了这次会议。

时任国家经贸委主任王忠禹在发言中说，当前贯彻落实"条例"、转换企业经营机制的工作发展是健康的，势头是很好的，在有些地区已取得明显成效。但是，在发展过程中碰到了一些新的问题，如政府如何进一步转变职能、如何加快建立市场体系和社会保障体系、如何理顺产权关系、如何切实减轻企业负担、如何推进配套改革、如何建立现代企业制度等。

王忠禹希望会议代表深入探讨这些问题，并对这些问题提出可操作性的意见、建议，推动企业改革进一步深化。

中国工业经济协会会长吕东、中国企业管理协会会长袁宝华、国家经贸委副主任陈清泰、中国企业管理协会理事长张彦宁等，在此次会上做了发言。

代表们对国有企业转换经营机制碰到的一些深层次问题进行了剖析，提出了一些对策与方法。

这次会议通过探讨取得的共识，对贯彻落实"条例"，转换企业经营机制工作，起到了一定的推动作用。

# 国务院提出转让国有产权政策

2003年12月，经国务院同意，国务院办公厅转发国务院国有资产监督管理委员会《关于规范国有企业改制工作的意见》，并要求各省、自治区、直辖市人民政府，国务院各部委、各直属机构认真贯彻执行。

国务院办公厅在《关于规范国有企业改制工作的意见》中指出：

党的十五大以来，各地认真贯彻国有经济有进有退、有所为有所不为的方针，积极推进国有经济布局和结构调整，探索公有制的多种有效实现形式和国有企业改制的多种途径，取得了显著成效，积累了宝贵经验。

但前一阶段国有企业改制工作中出现了一些不够规范的现象，造成国有资产的流失。

国有企业改制是一项政策性很强的工作，涉及出资人、债权人、企业和职工等多方面的利益，既要积极探索，又要规范有序。

为了全面贯彻落实党中央关于国有经济布局结构调整和国有企业改革的精神，保证国有企业改制工作健康、

有序、规范地进行,"意见"提出了以下意见:

关于批准制度。国有企业改制应采取重组、联合、兼并、租赁、承包经营、合资、转让国有产权和股份制、股份合作制等多种形式进行。

国有企业改制,包括转让国有控股、参股企业国有股权或者通过增资扩股来提高非国有股的比例等,必须制订改制方案。方案可由改制企业国有产权持有单位制订,也可由其委托中介机构或者改制企业制订。

国有企业改制方案,需按照《企业国有资产监督管理暂行条例》和国务院国有资产监督管理委员会的有关规定,履行决定或批准程序,未经决定或批准不得实施。

国有企业改制涉及财政、劳动保障等事项的,需预先报经同级人民政府有关部门审核,批准后报国有资产监督管理机构协调审批;涉及政府社会公共管理审批事项的,依照国家有关法律法规,报经政府有关部门审批。

国有资产监督管理机构所出资企业改制为国有股不控股或不参股的企业,即非国有的企业,改制方案需报同级人民政府批准;转让上市公司国有股权审批暂按现行规定办理,并由国资委会同证监会抓紧研究提出完善意见。

关于清产核资。国有企业改制,必须对企业各类资产、负债进行全面认真的清查,做到账、卡、物、现金等齐全、准确、一致。

要按照"谁投资、谁所有、谁受益"的原则,核实和界定国有资本金及其权益,其中国有企业借贷资金形成的净资产必须界定为国有产权。

企业改制中涉及资产损失认定与处理的,必须按有关规定履行批准程序。改制企业法定代表人和财务负责人对清产核资结果的真实性、准确性负责。

……

2003年12月31日,国资委、财政部发出实施《企业国有产权转让管理暂行办法》令,决定从2004年2月1日起开始正式施行。

## 二、全面推行

- 《关于经济体制改革的决定》中指出:"增强企业活力,特别是增强全民所有制的大、中型企业的活力,是以城市为重点的整个经济体制改革的中心环节。"

- 党的十五大报告中明确提出:"建立现代企业制度是国有企业改革的方向。"

- 深圳石化公司新领导班子,提出了一个振聋发聩的口号:"消灭企业亏损,必须消灭亏损企业。"

# 全面推行企业承包经营制

1986年11月，国家经委在北京召开由20户大中型企业领导人参加的企业改革座谈会。会议总结了承包经营试点的具体形式。12月初，国家经委向国务院报告了企业承包经营的试点情况。

1987年1月，国务院召开全国经济工作会议，提出要深化企业改革，关键在于推行多种形式的承包经营责任制，决定全面推行企业承包经营责任制。

受国务院委托，国家经委召开了全国企业承包经营责任制座谈会，研究部署实行企业承包经营责任制。

从此，承包经营责任制在国有大中型企业中得到普遍实行。

1987年8月31日，国家经委、国家体改委，发出《关于深化企业改革完善承包经营责任制的意见》，提出坚持"包死基数、确保上交、超收多留、欠收自补"的原则，合理确定承包要素，招标选聘经营者，投资主体逐步转向企业，控制工资奖金过快增长等要求。

为了完善承包经营责任制，依法保障企业承包经营责任制规范运行。1988年2月27日，国务院颁布《全民所有制工业企业承包经营责任制暂行条例》，对承包经营责任制的内容和形式、承包合同、承包经营合同双方的权利和义务等作出了规定。

企业承包经营责任制的内涵是：包上交国家利润，包完成技术改造任务，实行工资总额与经济效益挂钩。在此基础上，不同企业根据实际情况，确定其他承包内容。

为了推动、规范中小企业租赁经营，1988年6月5日，国务院发布了《全民所有制小型企业租赁经营暂行条例》，主要规定了出租方与承租方的权利和义务、收益分配及债权债务处理、承租收入等内容。

1988年4月13日，七届人大一次会议通过的《全民所有制工业企业法》（以下简称《企业法》），确立了国有企业的法律地位，明确规定企业实行厂长、经理负责制；中国共产党在企业中的基层组织，对党和国家方针、政策在本企业的贯彻执行实行保证监督；企业通过职工代表大会和其他形式，实行民主管理。

《企业法》提出，企业可以采取承包、租赁等经营责任制形式。企业必须加强和改善经营管理，实行经济责任制，从而使推行承包经营责任制有了法律依据和法律保障。

1992年7月23日，国务院发布《全民所有制工业企业转换经营机制条例》，根据《企业法》的精神对企业经营自主权作出具体规定。

企业享有的经营权包括：生产经营决策权；产品劳务定价权；产品销售权；物资采购权；进出口权；投资

决策权；留用资金支配权；资产处置权；联营、兼并权；劳动用工权；人事管理权；工资、奖金分配权；内部机构设置权；拒绝摊派权。

企业经营权受法律保护，任何部门、单位和个人不得干预和侵犯。对于非法干预和侵犯企业经营权的行为，企业有权向政府和政府有关部门申诉、举报，或者依法向人民法院起诉。

国有企业普遍实行了承包经营责任制，扩大了企业经营自主权，调动了企业和职工的积极性。

## 进行政企分开的机构改革

1984年10月,党的十二届三中全会通过的《关于经济体制改革的决定》(以下简称《决定》)中指出:

> 增强企业活力,特别是增强全民所有制的大、中型企业的活力,是以城市为重点的整个经济体制改革的中心环节。

《决定》提出了政企分开和所有权与经营权分离的改革原则。改革的出发点是,企业有权选择灵活多样的经营方式,有权安排企业产供销活动,有权拥有和支配自留资金,有权依照规定自行任免、聘用和选举企业的工作人员,有权自行决定用工办法和工资奖励方式,有权在国家允许的范围内确定本企业的产品价格。

改革的落脚点是,政府不再经营企业,使企业实现自主经营、自负盈亏,具有自我积累、自我改造、自我发展能力,成为市场主体和法人实体。

1988年,时任国务委员的宋平在七届全国人大一次会议上表示,由于经济体制改革全面展开,现有机构的弊端愈益突出,主要表现在:政企不分,结构不合理,在职能上微观管得过多,宏观调控不力;政府工作人员的素质和结构不适应经济的、法律的间接管理方式等。

在1988年全国人大颁布的《全民所有制工业企业法》中,首次明确了我国国有企业的法律地位,使企业享有的自主权有了法律保障。

这次机构改革,组建了新的国家计划委员会,机构改革方案将其定位为国务院管理国民经济和社会发展的综合部门,不再承担微观管理与行业管理的职能,是一个高层次的宏观管理机构。

此次机构改革之后,还出现了几个"部级"的公司,石油部撤销,组成中国石油天然气总公司。核工业部撤销,组建中国核工业总公司。

这次机构改革,给现代政府管理留下了最宝贵的遗产,即公务员制度。

1992年,党的十四大明确经济体制改革的目标是建立社会主义市场经济体制。

在1993年3月召开的八届人大一次会议上,政企不分,再次出现在机构改革的必要性中。

时任国务院秘书长的罗干表示:

> 这次机构改革和以往机构改革的不同,就是把适应社会主义市场经济发展的要求作为改革的目标。

针对政企不分的问题,罗干提出,要坚决把属于企业的权力放给企业，把应该由企业解决的问题，交由企业自己去解决。

部委改公司，在这次改革中再次出现，航空航天工业部被撤销，分别组建了航空工业总公司和航天工业总公司。

正如中国的市场化之路是摸着石头过河，这也体现在机构改革中。

罗干指出：

> 从经济体制改革和机构改革的长过程来说，目前这个方案还带有一定的过渡性，有的还带有试点性质。今后，还要继续深入进行行政管理体制和机构改革。

这次机构改革，直指前两轮改革都未能根治的顽症，即政企不分，将9个专业经济部门一次性予以撤销或降格。改革之后，电力部、煤炭部、化工部等9个部委成为历史。

1998年3月，九届全国人大一次会议召开。面对数千的全国人大代表，罗干指出：

> 政府机构存在的诸多问题虽经多次改革仍未得到根本性的解决，机构设置与社会主义市场经济发展的矛盾日益突出。

这次改革，国家计委更名为国家发展计划委员会，其主要职责为，保持经济总量平衡，抑制通货膨胀，优化经济结构，实现经济持续快速健康发展，健全宏观调控体系，完善经济、法律手段，改善宏观调控机制。

2003年3月6日，国务委员兼国务院秘书长王忠禹，向十届全国人大一次会议做了国务院机构改革方案的说明。

王忠禹指出：

> 随着经济体制改革的深入和加入世界贸易组织新形势的发展，现行政府机构还存在着一些不适应的问题，必须通过深化改革加以解决。

这轮改革带来了一些新名词，叫了几十年的"国家计委"成为历史，其新名字是"国家发展和改革委员会"，职能更加强调宏观调控。

中国国有企业所取得的成就，与这轮改革设立的国资委密切相关。

## 企业采取兼并重组获新生

企业兼并是在 20 世纪 80 年代初，企业整顿中实行关、停、并、转的基础上，通过发展横向联合和租赁制自然出现的。

河北省保定市促成企业兼并的工作是从 1985 年开始的。时任保定市市长的田福庭认为，如何实现社会生产要素的重新优化组合，使盈利企业得到扶持，亏损企业得到改造，是经济管理工作亟待解决的问题。

田福庭说，企业兼并的思路产生于企业"关停并转"中的"合并"方式。与此不同的是，一是对企业亏损有主要责任的领导者不能再易地做官；二是变企业对等合并为优势企业"吃掉"亏损企业；三是主管部门牵线搭桥，对优势企业引导、协商，对亏损企业采取一定行政手段，促成兼并。

时任保定市委书记韩立成说，在社会主义有计划商品经济条件下，企业兼并可以成为贯彻产业政策和搞活企业的有效手段。

在兼并之前，被"吃掉"的一方要经过清产核资，然后按不同所有制，采用不同的方式，实现财产有偿转移。再有就是，兼并一般在基础技术条件相近的企业间进行。

实行企业兼并，使社会生产要素、技术组合结构发生有益变化，要做到调整产品结构、投资少、见效快，企业经济效益大幅度提高。

兼并前，保定市优势企业一批有前途的产品，由于受到场地、人员和设备的限制，不能及时扩大生产规模。

如保定市锅炉厂，占地只有1.5万平方米，生产的工业锅炉一直供不应求。而有较大场地的风机厂，由于产品质量低劣，难以为继。

兼并后，他们只用较少投资，就使工业锅炉生产能力提高了两倍，同时还使失去用户的矿山风机得以改造，重新投放市场。

保定市在调整产品结构中，仅利用亏损企业固定资产和节约购地费两项，就节省资金3000万元，并形成了防水卷材、建筑钢窗、特种变压器等一批拳头产品。

保定市实行企业兼并以来，不仅有效地改造了一批长期亏损、濒于破产的企业，财政因此每年减少负担200多万元，而且还重新造就了一支职工队伍。

劣势企业被兼并后，干部职工安置在新的岗位上，工资奖金有保障，思想情绪很快稳定下来；优势企业按本厂的厂规厂法严格要求，严格管理。有的企业还对职工进行全员培训，精神面貌焕然一新。

随后，在其他一些省市也相继发生了企业兼并的事例，总的趋势是企业兼并的数量逐渐增多，兼并方式日趋多样化，其效果也十分显著。

在商品经济条件下，各个企业在市场上围绕价格进行激烈的竞争。为了在竞争中能站住脚并更多获利，企业必须力争采用效率最高的生产方法，以便把成本压缩到最低点。

为此，企业一方面要不断谋求新技术，开发新市场，扩大经营，另一方面要追求规模经济的效益。这样就使企业有一种扩张的内在冲动，只要可能，企业总想谋求在竞争中取得有利的地位。而实现这一过程的手段之一，就是兼并别的企业。因此，企业兼并是商品经济条件下企业的一种内在机制。

企业兼并的方式有许多：

第一类，兼并所有权。一是在不同所有制或不同隶属关系的企业之间，按照工艺相近、双方需要、生产要素互补的原则实行兼并。二是以抵押的方式实行兼并。主要是在资不抵债的集体所有制企业与其最大债权人之间进行。

第二类是兼并经营权。有三种做法：

一是同一资产集团内部，经营权由劣势企业集中到优势企业，取消被兼并企业的法人资格。这种形式是当时国有企业兼并的主要形式。

二是通过法人承包、租赁形式向优势企业转让经营权。实行这种兼并形式的，主要在工艺相近、技术与管理水平差异较大的企业之间，本着发展系列产品和规模经济的原则进行。

三是通过参股形式，实现所有权多元化，向优势企业转让经营权。这种形式主要是在不同所有制的企业之间，为适应市场竞争，企业相互参股，产权重新组合，把经营权转移到优势企业。

福建的企业通过结对扶亏承包促进企业发展。企业包企业，大企业承包租赁小企业，经营好的企业代管差的企业，濒临破产的企业产权有偿转移、投资入股、生产要素扩散、横向经营联合等。

所谓企业包企业、好企业代管差企业，一般在同行业之间进行，企业间通过签订经济合同的形式，规定承包期限。

企业租赁企业，是在对亏损企业清产核资，依据出租企业资产价值和经营环境因素，测算租金标底以及应完成的各项经济指标的基础上，由资产所有者代表，即企业主管部门通过公开招标、选定承租者、签订合同等程序，以租赁形式，将经营管理权完全转让给承租者。

产权转移是濒临破产的企业，有偿或无偿地将全部资产转移给接收企业，实质是好企业兼并差企业。

企业结对扶亏承包，扩大了生产要素的合理流动和重新组合的方式和范围，打破了不合理的企业组织结构，使生产要素得到合理的配置，形成新的综合优势。既为先进企业开拓了经济活动的新领域，又为落后企业提供了摆脱困境的机遇。

例如，长乐合成氨厂由福州氮肥厂承包后，生产迅速达到设计能力，各种消耗达到同行业先进水平，由老亏损户变为年年盈利。

福州低压电器厂被福建省钓鱼机具有限公司租赁后，依托承租企业的产品、资金、市场优势转产国际市场畅销的钓鱼机具，迅速摆脱了困境。

罗源开关厂加入福州高压开关总厂企业群体后，不但转亏为盈，而且得到了发展。

1986 年，罗源开关厂的产值、利税分别比以前增长 11 倍和 6.4 倍，成为罗源县的骨干企业。

1995 年，连续亏损两年多的杭州地毯厂被杭州市属的浙江地毯厂兼并。几年来，杭州市把搞活国有企业的目标，定在盘活整个国有资产、提高国有经济的总量上，不再局限于单个的国有企业的搞活，也不再勉强使每个企业扭亏为盈，而是把工作的重心转移到在企业间建立优胜劣汰的机制上，通过企业组织结构的调整、在搞活国有资产上下功夫。

杭州市政府定了一条"生死线"，即连续亏损两年的企业，政府就可考虑着手改组兼并。

在兼并中，杭州市政府针对一些国有企业实际上成了"部门所有制"企业的弊端，帮助企业实现资产跨行业、跨地区、跨部门流动和重组，使不同形态的国有资产在企业、产业、地域间相互流通、各取所需。

杭州市交通局所属的造船厂并入了机械局下属的制氧机厂，当年扭亏为盈；地处市中心的污染、亏损大户一铸造厂让出场地给房产公司，职工带着土地增值所得入户其他企业。

在对亏损企业"大力干预"的同时，对于盈利企业，市政府要求主管部门"无为而治"。1992年，杭州市在全市推行了生产计划、产品价格、用工制度、内部分配的"四放开"。

只要能让国有资产增值，企业采取什么样的组织形式自定，内部管理的形式也可多种多样。对于企业的其他干预也大为减少。

针对企业内部的"质量优胜""管理优胜"等种种检查和评比活动，已很少举行。在企业的改革方面，杭州市政府也从来不下任何"硬指标"，无论是搞公司制、股份制，还是搞集团、搞合资，都任由企业自主选择，自行决定。

一些经济理论界人士认为，应该充分利用兼并改造濒于破产的企业，对于濒于破产的企业，只要有优势企业肯兼并它，就应该允许利用兼并的方式予以改造。这样，既能对企业起到一定的鞭策和刺激作用，又可避免因破产而引起的社会震动。

## 推行并购重组求发展

1984年，党的十二届三中全会作出《关于经济体制改革的决定》，提出增强企业特别是国有大中型企业活力是经济体制改革的中心环节，提出了所有权与经营权可以适当分离的理论。

从此，国有企业出现了多种改革形式和经营方式。而并购与重组，则成为现代企业发展壮大的一条必经之路。

曾经濒临破产边缘、资不抵债严重的深圳市石油化工集团股份有限公司，在深圳市实行新一轮承包之后的第一年，就奇迹般地起死回生。

在1991年，深圳石化实现销售收入12.09亿元，比上年增长232.6%；实现利润7217万元，是上年利润的2.57倍，是公司成立8年利润总和的105%。经济效益在全国石化行业中名列第二十一位。资金利润率、全员劳动生产率等经济指标在深圳市名列前茅。在1992年一季度，深圳石化又实现利润3000多万元。

深圳石化集团是一家拥有3500多名职工的国营大型企业，是深圳市成立较早、国家投资较多的一家综合石化企业。但是，到1988年底，石化公司的企业净资产竟是个负数，负资产1053万元。当年账面反映利润1400万元，而全部实现的利润还不能抵付投资的利息，实际亏损近千万元，公司背着一亿多元负债的沉重包袱，根本没有还本付息的能力。

1990年8月，深圳石化公司新领导班子，提出了一个振聋发聩的口号：

消灭企业亏损，必须消灭亏损企业。

口号提出后，深圳石化公司随之实施与之相配套的强硬措施。

当时，深圳石化公司所属的34家二级企业，有18家长期亏损，亏损面达53%，亏损额占到全公司利润的一半以上。

总经理陈涌庆郑重宣布，18家亏损企业限期扭亏为盈，否则将被兼并、转让、拍卖。

为了消灭亏损企业，公司主要采取了四条配套措施：

一是组织人员严格审查财务，核实资产，认真清理债务债权，确保被撤并企业的资产安全，防止新的资产流失。

二是妥善处理好职工的安置问题，对撤并企业的职工按不同情况安排。职工未安排工作期间，每月发给基本生活费。

三是明确宣布原有撤并企业的经理，两年内不得易地任职，在集团公司范围内，按专业特长安排一般工作，工资待遇同步降低。

四是在上级部门的帮助下，对撤并企业采取拍卖、股权转让、重新嫁接和合并等形式，使生产要素在新的条件下和更大的空间范围内重新组合，使部分企业获得新生，同时使撤并企业的损失减少到最低限度。

亏损企业的撤并，使集团公司减少了1200多万元的亏损，堵塞了资产流失的大漏斗。这一举动，不仅对亏损企业是一个极大的震动，对一些微利企业和潜在风险较大的企业也是一种鞭策和警示。

1991年，在原有企业减少的情况下，公司经济效益非但没有减少，反而直线上升。公司先后有5家企业扭亏，13家企业被撤并，全部消灭了企业亏损。

拥有4万多名职工的集体所有制企业吉化集团北方化工总公司，1993年亏损232万元，大批职工放假，人心不稳，企业陷入空前困境。

然而，仅仅半年时间，这家企业便奇迹般地"杀出重围"，一举扭亏为盈。

作为一家劳动就业服务性质的企业，长期裹在国家税收优惠政策和主办厂让利的"襁褓"之中，养成很强的依赖性，更谈不上独立生存能力。一旦"断奶"，与国有企业站在同一起跑线上，"先天不足"的弱点便马上暴露无遗了。

总经理倪慕华和公司领导班子面对困境，确立了以改革求生存、求发展的工作思路，果断地把扭亏的手术刀直接刺向了公司自身"先天不足"这一病根上,使企业"强筋壮骨",迅速从依赖型转向自主型,靠自身的力量在市场经济的汪洋大海里搏击。

公司大刀阔斧地深化企业内部改革,探索建立现代企业制度的有效途径。公司彻底打破了计划经济体制下形成的统管厂统负盈亏的格局,打破了所有制、地域和隶属关系的界限,大胆采用适合自身发展的组织形式,进行企业重组,变一个积极性为多个积极性。

公司采取的方式,主要有"化整为零,放开经营"。二级单位凡是能够剥离的分厂、车间,都变成了自主经营、自负盈亏的法人实体。

实行"集体所有,个人经营"。就是采取承包、租赁、出售和租售相结合的办法,对企业进行改造,增强企业的活力和安置富余职工的能力。

联合化工厂采取"工厂少量投资兴办,吸引外资联办,职工集资合办,个人出资领办"的措施,创办了23家三产企业。

公司还推出了"嫁接经营"、股份制合作经营、有限责任公司等改革措施,为企业注入了活力,增强了自我发展的后劲。

为保证这些改革措施的落实,北方公司扎扎实实地在深化三项制度改革上下了一番功夫:

在分配制度上,实行利税工资含量分配制,上不封顶,下不保底。职工分配加大了活工资比重。对企业经营者实行年薪制,按条件兑现。

在劳动制度上,实行了全员劳动合同制和全员风险抵押承包,形成了人人关心企业,关心生产经营的局面。在干部制度上,对所有管理人员实行了逐级聘任。

1994年年初,吉化集团总经理刘树林,对即将走马上任的倪慕华说:"这是一副重担子,公司把它压在了你的肩上,你不要有压力。你能做到保证职工开工资,不亏损,持个平就是成绩!"

倪慕华谢绝了集团领导的好意,把年创利税指标定到了1000万元。1994年上半年,北方公司利税即比计划提高两倍多,至1994年8月,已实现销售收入5.06亿元,创利税5100万元!

改革,使北方公司呈现出万众一心、分路突围、振兴企业的壮观场面。

## 全国进行国企股份制改革

1992年,我国的股份制改革开始步入正轨。

针对股份制问题的争论,邓小平在1992年初南行讲话中指出:"允许看,但要坚决地试。"

10月,在党的十四大报告中,正式确立了社会主义市场经济体制的改革目标。

邓小平的南行讲话和党的十四大报告,极大地刺激了我国股份制改造的步伐。

1992年,全国各城市经批准先后建立了近400家股份制试点企业,使全国股份制企业达到3700多家。

同时,国务院还批准了9家国有企业改组为股份公司,并到香港和境外上市。

1993年,党的十四届三中全会《关于建立社会主义市场经济体制的若干问题决定》,提出了国企必须进行制度创新,即:

深化国企改革,必须解决深层次问题,着力进行制度创新,建立现代企业制度。

公司制股份制是建立现代企业制度的有益探索。

1997年，党的十五大报告中明确提出：

建立现代企业制度是国有企业改革的方向。

报告同时指出：

股份制是现代企业的一种资本组织形式，有利于所有权和经营权的分离，有利于提高企业和资本的运作效率，资本主义可以用，社会主义也可以用。不能笼统地说股份制是公有还是私有，关键看控股权掌握在谁手中。

这个科学的结论，对我国新时期股份制的理论和实践有着十分重要的指导意义，它指明了股份制实施的理论和实践方向。

党的十五大报告还提出，国有经济要实行战略性的转移，有进有退，抓"大"放"小"，有所为和有所不为。

在党的十五大之后，国有大中型企业开始出现稳定而良好的喜人局面。

股份制是一种适合社会化大生产性质和多种所有制并存的企业组织形式。

在以社会主义公有制为基础的市场经济条件下，股份制不仅可以将公有财产通过一种具体的企业组织形式体现出来，使公有财产的运营充满活力。而且，股份制还可以融各种经济成分于一体，保证以公有制为主体，多种经济成分共同发展，促进社会生产力水平的提高。

2004年，完成股份制改革的大型骨干国有企业已过半数。占全国国有企业，包括国有控股企业，净资产66.9%的2903家国有大型骨干企业，已有1464家改制为多元股东的公司制企业，改制面为50.4%。

大型国有企业在境内外上市，取得了重大进展。石油石化、冶金、发电、汽车、煤炭、电信、民航、海运等行业中的大型、特大型国有企业，先后实现境内外上市。

国有控股的上市公司，已经成为国有经济的骨干力量和国有资产的富集区。

特大型国有企业实现了主营业务的整体上市。国有企业整体上市，有利于避免同业竞争，减少关联交易，有利于提高主营业务运作效率，有利于做强做大上市公司。

此时，中石油、中石化、中海油、宝钢、武钢、中国铝业、东风汽车、神华、中国电信、中国网通、中国移动、中国联通、中国航空、东方航空、南方航空等特大型的国有企业，基本上实现了主营业务资产的整体上市。

与此同时，公司法人治理结构进一步完善，上市公司运作不断规范。

国有控股的股份制企业,依照《公司法》等法律法规,建立了公司法人治理结构,上市公司建立了独立董事制度和信息披露制度,使大多数国有控股的上市公司基本规范运作。

股份制改革加快了国有大型企业的发展,提高了企业的市场竞争力。

# 企业"两权分离"成效显著

2001年,广西玉林石油分公司积极探索搞活乡镇小型加油站经营的有效途径,在所属25座小型加油站中,实行所有权与有限经营权相分离的经营机制改革试点,取得了很好的效果。

我国国企改革中的"两权分离"理论,形成于20世纪80年代。"两权分离"理论,作为国企改革的理论基础,曾对推动我国经济体制改革和国企改革起过重要的历史作用。

所谓"两权分离"理论,即企业资产法律上的所有权与经济上的所有权相分离的理论。这个理论长期以来一直作为我国国企改革的基本理论依据。

广西玉林石油分公司进行试点一年多后,小站月均销量由改革前的39.32吨,上升到改革后的49.89吨,增幅26.88%,经营成本也有了较大幅度的降低。

玉林石油分公司当时有加油站91座,其中年销量在800吨以下的小站有32座。这些小站普遍位置偏远,规模小,自然环境差,不易管理,在传统管理模式下存在着用工多、销量低、费用高、效益差的状况。

究其原因是,管得太多,统得太死,使这些小站缺乏活力。

2001年9月，玉林石油分公司在25座小型加油站中，实行"两权分离"改革试点，明确规定加油站的所有权属公司，将加油站的部分经营管理权包括用工权、二次分配权、费用支配权、促销权、行政管理权等下放给站长，并确立站长在加油站的经营者中心地位，对站长实行公开竞聘。

公司对改革试点的加油站核定吨油工资费用，规定费用节约归加油站支配，超支自补；资源由公司统一配送、统一定价，站长没有资源自采权和作价权；站长自定经营方式、策略，负责按时回收货款，公司统一核算盈亏，统一缴纳税款。

公司与站长以合同或协议的形式，确定双方的责任与义务，站长须交纳一定的经营风险抵押金。

同时，根据加油站的销售量和所处的地理位置，在"两权分离"的改革中，采取3种形式：一是委托经营制，对象是位于省道的年销量600吨至800吨的乡镇加油站点；二是站长负责制，对象是位于中心乡镇且竞争较为激烈的小站；三是家庭责任制，对象是偏远的租赁的吨油小站。

他们参照各改革试点加油站的历史销量、费用情况，合理测算量、费和定员，在实施中进行跟踪监控，对个别不合理的指标进行及时调整。

实行"两权分离"改革试点的站点，实现了增量增效。员工收入与量费挂钩，调动了员工积极性，促使员工自觉延长工作时间，主动改善服务，加强与客户沟通联系，提高了加油站销售能力。

北流六靖东站月均销量，由改革前的 75 吨上升到改革后的 92.6 吨，增幅 23.5%。

兴业北市站站长，把眼光盯到周边农村市场，走出去开展促销配送工作，配送油品月均增加 40 吨。润滑油月销量由原来几十公斤迅速提高到几百公斤。

改革试点的小站控制费用和降低费用的自觉性也明显增强。这些站在各个管理环节都精打细算，杜绝浪费，月均费用由改革前的 11.12 万元，降到改革后的 9.56 万元，降幅 14%。

兴业小平山、北市两座小站改革后，水电费均下降 10%。在日常维修方面，由于小额维修由加油站长自行组织负责，一方面促使员工自觉爱护公物，自觉维护设备，降低了设备维修率，提高了设备使用寿命；另一方面，减少公司维修人员往返农网的路费、人工费用开支。

随着加油站经济效益的提高，加油站员工的收入也相应地得到增加。

实行"两权分离"，使企业和职工都获得了良好的经济效益。

# 打响国有企业改革攻坚战

在中央改革政策的支持下，全国普遍掀起了国企改革的新高潮，打响了国企改革的攻坚战。

2005年，吉林省委、省政府确定2005年为"国有工业企业改革攻坚年"。

为确保国企改革顺利进行，吉林省委、省政府直接指挥，成立由省人大、省政协领导担任组长的10个国企改革督察推进组，组成了141个推进组或工作组，直接参与国企改革，每户改制企业都有一个工作组具体负责。采取多种方式，开始了国企改革会战。

到2007年末，榆树市市属151户国有企业推进了产权制度改革，共有2.9万人解除了劳动关系，退出国有和集体资本3.06亿元，盘活存量资产4.7亿元，化解金融债务13亿元。

全市151户市属国有工业企业实现了"双退出"，榆树市被省委、省政府评为"全省国有工业企业改革攻坚工作先进单位"。

同时，榆树市在引进战略投资者参与到国企改革的过程中，引进了增量，盘活了存量，使企业增添了生机和活力，也促进了全市民营经济的发展。

榆树市把招商引资作为推进民营经济发展的主要措

施来抓,实施招商引资"一把手"工程,重点引进工业项目,做大做强工业"蛋糕"。

几年来,榆树市建成投资超千万元项目134个,其中超亿元项目12个,超10亿元项目三个。中粮集团、吉粮集团、上海杰隆产业园、长春冠利生物工程公司等国内知名企业,相继落户榆树,极大地推动了榆树市工业和民营经济的快速发展。

按照民营经济三年腾飞的发展战略,榆树市紧紧依托农牧资源优势,大力发展农产品加工业。

全市形成了玉米化工、大豆生化、畜禽加工、白酒酿造、精洁米加工等龙头产业。榆树钱和榆树神白酒、五棵树干豆腐、禾丰精洁米、四海猪肉制品、汉德牛肉制品,在东北乃至更广阔的区域享有盛名,成为榆树市农产品加工业的代表品牌。

2007年,榆树市被中国食品工业协会命名为"中国北方酒业基地"。2008年,榆树市被农业部命名为"全国农产品加工创业基地"、五棵树开发区被省政府命名为"全省农产品加工示范区"。

榆树市还注重优化发展环境:

一是硬环境。构建工业和民营经济发展平台,积极推进园区建设,把园区作为招商引资、承载项目的重要载体,实现"七通一平"。随着招商引资项目在两个工业园区的落成投产,榆树市民营经济总产值将会不断提高。

二是软环境。榆树市制定了《榆树市鼓励投资优惠政策》，在土地使用、税收征管、市场准入和技术改造等方面对入园企业给予政策优惠。

2009 年，榆树市又制定了《关于进一步优化经济发展软环境的若干规定》等，对加强软环境建设作出具体的规定，为榆树市工业民营经济快速发展提供了强大的政策支持。

吉林省在 2005 年打响的国企改革攻坚会战，影响深远。它带动了其他国有工业企业和粮食、流通、建筑等行业国有企业的改革，为全省的经济发展开创了新的局面。

改制后企业重新焕发生机，发展速度普遍高于全省平均水平，国有资本控制力明显增强。到 2008 年末，全省国有企业资产总量达 4118 亿元，比 2004 年净增 1318 亿元。

国企改革攻坚的另一重大收获是带动了固定资产投资的大幅度增长。

吉林省投入水平一直较低，通过国企改制，培育和引进了投资主体，形成了一大批合格市场主体，优化了市场环境，吸引了大量外部和民间资本进入。

从 2004 年至 2008 年，吉林省 5 年投资总额是改革开放 30 年前 25 年总和的 2.4 倍，年人均投资已超过两万元，达到了发达省份水平。

## 依靠国企改革振兴经济

在党的十一届三中全会以后，随着经济体制改革的整体推进，国营企业改革问题，很快引起了领导层和各方面的高度关注。

国有企业改革是一场广泛而深刻的变革。由于传统体制的长期影响、历史形成的诸多问题、多年以来的重复建设，以及市场环境的急剧变化，相当一部分国有企业已经不适应市场经济的要求，导致经营机制不活，技术创新能力不强，债务和社会负担沉重，富余人员过多，生产经营艰难，经济效益下降，职工生活困难。

要想走出困境，改革就势在必行。而且，越早进行改革，所需的改制成本就越低，越能减少国有资产的静态流失；越晚进行改革，成本也就越高，资产流失也就越多。

对此，辽宁省抚顺市政府早已有了清醒的认识，并把国企改革作为抚顺市脱贫解困、实现振兴的重要措施，作为各项工作的重中之重。国有企业改革，已成为整个经济体制改革的中心环节。

但是，要想建立和完善社会主义市场经济体制，实现公有制与市场经济的有效结合，最重要的内容，就是使国有企业形成适应市场经济要求的管理体制和经营机制。

国有企业改革的目的，就是要对国有经济布局进行战略性的调整，推进国有企业的战略性改组，建立完善的现代企业制度，改善国有企业的资产负债结构，减轻企业的社会负担，加快国有企业的技术进步和产业升级。

抚顺市进行国企改革的原则是：

> 必须有利于推进经济振兴和发展，必须与对外开放相结合，必须为改革付出相应的成本，必须坚持开拓创新，必须与优化结构和大力发展非公有制经济相结合，必须为国企改革增添动力，必须兼顾社会稳定。

抚顺市国企改革办对抚顺碳素有限责任公司等10家已改制的市属重点工业企业进行了调查，结果表明，这些企业改制后，产权明晰、利益直接、机制灵活的优势开始充分显现，体制创新和机制创新带来的发展动力使企业迸发出勃勃生机和活力。

2005年，这些企业的各项主要经济指标都出现了大幅度增长。其中，完成工业总产值12.5亿元，同比增长71.3%；实现销售收入11.2亿元，同比增长75.3%；实现利润8640万元，同比增长2.1倍；实现税金7054万元，同比增长1.2倍。

通过改革，吸引了大量外来资本和非公有制资本的投入，为企业注入了新的活力。投、融资体制，开始呈现多元化的发展态势，改变了长期以来单纯依赖政府投资办企业的陈旧模式。

抚顺莱河矿业有限公司投入 1.2 亿元进行技术改造，生产能力由原来的 8 万吨提高到了 50 万吨。

抚顺永茂工程机械有限公司，投入技术改造资金 3000 多万元，新建了 24.5 万平方米的大型塔式起重机试验场，改造扩建了加工厂房 6800 平方米，还引进了国际先进的生产技术和设备。

抚顺碳素有限责任公司，投入技改资金 3078 万元，实现了产品的结构调整和升级换代，高附加值产品生产比重由改制前的 30% 提高到了 70%。

此外，抚顺市属商业改制企业也改变了过去依赖财政投资的状况。自 2002 年以来，自投资金两亿元建成了裕民商贸装饰城、畅通汽车城、今日装饰城，改造扩建了商业城、商贸大厦、商海大厦等商场，为抚顺市商品流通业增添了新的亮点和活力。

通过改革，职工的合法权益得到了保护与实现。长期以来，由于国有企业举步维艰，拖欠职工工资、医药费、取暖费和养老保险金等问题十分突出。

而在改制的过程中，抚顺市始终把维护职工的利益放在重要位置，使职工的合法权益得到了切实保障。

被调查的 10 户重点工业企业，安置原企业职工上岗 5000 多人，提供社会就业岗位 1200 多个；职工工资收入大幅度提高，人均工资超千元的达到了 70%。

通过改革，影响和制约经济发展的体制性、结构性矛盾有所缓和；通过体制创新和机制创新，企业加速发展的内在动力也明显增强。

抚顺市的国企通过改革实现了脱贫解困和经济的振兴。

## 深化企业改革重现生机

随着改革开放的发展,全面深化国有企业改革,促进国有经济健康发展,日益显得重要和紧迫。

福州市委七届十二次全会"决议"明确指出:

全面深化福州市国有企业改革,促进国有经济健康发展,是建立社会主义市场经济体制的需要,是促进福州市社会全面进步和社会安定稳定的重要基础,也是发展福建省会经济、建设省会中心城市的客观要求。

自1996年起,福州市各级各有关部门,对全市国有企业进行脱胎换骨的重组,使有限国有资本逐步从亏损困难的行业和企业退出,向支柱产业、高新技术行业转移聚集。通过持续吐故纳新的运动、裂变、组合,使国有企业在量的萎缩中实现质的升华。

从垒大扶强上看,通过采取改制、兼并、联合、控股、参股等多种形式,大胆实施资本营运和资产重组,促进一批优势企业迅速发展壮大。

天宇电气集团、一化集团、同春药业集团、耀隆化工集团、福抗集团等五大企业进行改革后,实现利税分别占市属国有工业的51%和92%。

从放小脱困上看，一批亏损困难企业经历兼并重组，进行投资主体多元化改造，在转换经营机制中逐步恢复生机。此外，还对产品无销路、无效益、严重资不抵债、扭亏无望的企业，依法实施破产处理、关停或解体，既淘汰了经济发展的消极因素，又防止国有资产的进一步流失。

1999年是国有企业改革脱困的关键一年，福州国有企业改革，已逾越试点初期一般性操作，向调整结构、强化管理和增强素质等纵深领域拓展。

除了进一步完成94家企业改革外，在四个方面推出改革新举措，并收到阶段性成效：

一是按照建立现代企业制度要求，对重点骨干企业进行机制创新。同春药业集团等一批优势骨干企业，率先建立了科学管理制度，增强了企业的生机活力。

在市属20家国有重点企业中，一化集团、天宇集团、大通公司等18家企业，逐步构筑起现代企业制度的框架。

二是抓住债转股契机，力促国有企业转装上阵。福州市工业企业上报债权转股权项目，有棉纺织印染厂、灯泡厂、福兴医药、省拖集团、耀隆化工、闽星鞋业6家企业，涉及银行技改贷款2.39亿元。经过与多方协调沟通，棉纺织印染厂和灯泡厂两家企业涉及1.13亿元债转股，经省向上报批，此举极大地改善了企业的生存与发展环境。

三是突破传统框框限制，实施企业人事制度改革。把企业厂长（经理）通过公开民主选举、竞争上岗和对部分企业经营者实行期权期股奖励年薪制，当作企业班子建设及分配机制改革的突破口。

国棉厂、服装鞋帽公司、电声器材厂、汽配三厂、角梳厂、省塑机、五塑厂等14家企业，顺利实施经营者民选竞争上岗。同时，天宇集团、同春集团、一化集团、大通公司、锅炉厂等18家企业，试行新的期权期股奖励年薪制。

四是建立健全财务审计，不断提高企业管理水平。即从加强国有企业物资采购管理和监督入手，推行《福建省国有工业企业大宗物资采购招标管理试行办法》，努力降低企业采购成本，并把是否健全各种物资采购，尤其是大宗物资招标采购的制度，作为年终企业班子考核内容；设立企业财务审计小组，对工业企业财务状况、土地使用情况和经营者离任进行专项内部审计，都已收到改革成效。

实践表明，深化改革提高了国有企业的整体素质，直接推动了产业经济的发展。

# 三、深化发展

- 陆淑梅深有感触地说:"下岗失业后,场里并没有把我们扔到一边不管,时刻为我们着想,帮我们解决各种困难,真是改革无情人有情啊。"

- 新华图书连锁公司副总经理宋雪钧说:"体制机制改革了,大伙干劲儿也足了。"

- 大家在对比反思中达成了共识:只有改革才有出路。

## 转换经营机制深化改革

我国的企业改革经历了扩权让利、利税分流、承包经营、转换企业经营机制和建立现代企业制度等阶段，走的是一条在实践中不断探索的道路。

1991年召开的中央工作会议，明确提出了转换经营机制，把企业推向市场。

1992年7月，国务院又颁布了《全民所有制工业企业转换经营条例》，以推动企业经营机制转换国有企业改革的深入发展。

1993年11月，党的十四届三中全会明确提出：

> 建立现代企业制度，是发展社会化大生产和市场经济的必然要求，是我国国有企业的改革方向。

1994年，国家确定了在100家企业中进行试点，西北轴承股份公司是宁夏唯一一家国家试点企业。

1994年，宁夏回族自治区政府也确定了不同类型的44家企业，开始进行建立现代企业制度试点。之后，通过总结经验，现代企业制度建设在全区全面推开。

宁夏回族自治区虽然地盘小，人口少，但却"地小物博",物产丰富,发展前景不容小觑,在农业、能源、旅游等方面具有独特优势,开发前景广阔。

位于银川南部的灵武市,虽然人口只有24万,该市撤县建市只有10年时间,但能源、农业、旅游齐头并进快速发展,是宁夏经济发展的一个缩影。

宁夏灵州集团公司在建立现代企业制度的过程中,不断深化企业内部改革,转换企业经营机制,在股份合作制、国有民营、兼并、拍卖、联合等方面进行大胆实践,取得了明显成效。

灵武矿区作为国家"八五"重点建设项目,开发初期就按照"三新",即新矿区、新机制、新思想的思路建设现代化矿区。

1996年5月,灵武矿区在广泛借鉴煤炭行业及其他单位建立现代企业制度经验的基础上,制订了《灵武矿务局建立现代企业制度实施方案》,在企业内部率先转换经营机制。

首先是大胆实施股份合作制改造。针对集团公司下属的汽车运输公司每年亏损100多万元、经营十分困难的局面,公司决定以产权变革为突破口,对运输公司进行股份合作制改造。

股份合作制改造使运输公司焕发了生机,产生了无穷的活力,广大职工也得到了实惠。

为了减轻企业办社会的负担,运输公司率先实行"国有民营"改革试点,提出了"六制"改革方案,即采掘承包制、安全监控制、设备租赁制、国有资产管理制、销售代理制、富余人员雇佣制。

通过5年的运行，企业减少了管理机构，社会负担轻，用工机制灵活，激发了职工的忧患意识和危机意识，实现了高产高效低耗，达到了用人少、效益高的目的。在企业改制的过程中，集团公司还对扭亏无望的企业大胆实行拍卖。

1997年5月，针对所属石化公司机制不活、技术落后、设备陈旧、亏损严重的实际，果断进行公开拍卖。

石化公司被宁夏宝塔石化集团公司整体购买，50名职工得到了妥善安置，甩掉了每年亏损150万元的沉重包袱，收回沉淀资金380万元。

同时，集团公司抓住有利时机，大胆实施企业兼并。1997年9月，集团公司充分利用银川优化资本结构中有关企业兼并政策，成功地兼并了亏损严重的银川活性炭厂，1998年就实现盈亏持平的目标。

2000年10月28日，集团公司按照建立现代企业制度的要求，由原灵武矿务局改制成立了灵州集团有限责任公司，实现了由工厂制向公司制的转变。

经过不断探索和积极努力，到2005年底，宁夏企业改制面已达90%以上。

## 利用外资改造老企业

从1994年起,天津市委、市政府就明确提出:以改革为动力,用8年左右的时间,利用外资将国有大中型企业嫁接、改造、调整一遍。

天津引资嫁接改造国有老企业的原则是:

> 与世界经济对话,和跨国公司同行,在积极引进资金的同时,坚持引进国际先进技术和管理,实现投资主体多元化,机制转换一步到位。

时任天津市市长的张立昌说:

> 为了让这些跨国公司进来,千方百计改善投资环境,以诚信换取外商的信任,以服务给外商创造方便条件。

"种下梧桐树,何愁凤凰来?"到2000年为止,世界知名大企业和跨国公司有200多家到天津投资,投资项目达300多个,其中世界500强企业中有63家到天津投资。

几十亿美元的外资注入了天津的老工业企业，全市 700 多家国有大中型企业全部得到了嫁接改造。

天津电梯厂是我国第一部电梯的诞生地，但是到 20 世纪 80 年代初期，由于技术落后，在国内市场已没有多少竞争力，更谈不上走出国门。

天津奥的斯公司副总裁蒋鹏环说，与美国奥的斯公司合作 15 年来，企业的变化翻天覆地：天津奥的斯公司的产品技术从合资前的国际 20 世纪 60 年代水平，跨越到国际同类产品 20 世纪 90 年代先进水平，年生产能力由成立初期的 600 台，发展至现在的 5000 台，中方国有资产增长了 131 倍。

后来的天津奥的斯公司犹如一座花园，迈进生产车间，似星级宾馆的殿堂。一排排自动化的流水线一尘不染，没有噪音，只有闪烁的仪表在有条不紊地工作着。这可称为天津经过嫁接改造后国有企业的一个缩影。

汽车、机械、电子、化工等支柱产业，其设备基本得到了改造，天津工业的硬件大体接近或达到了国际水平。

此时，国有企业与世界先进水平的差距，除了产品、装备落后外，管理与机制落后更是关键因素。

对此，体会最深的是天津三星显示器公司副总经理赖杰。

赖杰说："我们给美国戴尔公司配套，交货时他们历数了我们 48 处缺点，其中不仅有产品的问题，甚至对工人的指甲长短这样细微的问题，也提出了意见。"

天津市利用外资嫁接改造老企业，不是简单粗放式的引进，而是把别人的先进技术与科学的管理拿过来"为我所用"。经营理念、机制等都完全与国际接轨，从而创造出天津经济中耀眼的一批新名牌，他们构成了天津工业的"新生代"：王朝、津美乐、夏利、中美史克、天津奥的斯……

天津奥的斯公司结合自身实际，创造了以"现场就是市场"为主要内涵的"5S"管理法；天津汽车不仅引进了合作方先进的技术，也把丰田的管理方法用在了生产之中，在嫁接改造中引进来的软件和硬件，使天津国有企业具有了腾飞的双翼。

国有中小企业伴随"打造"一新的"巨舰"，共同驶向国际市场的大海。

天津市在瞄准世界先进水平，组建龙头企业的同时，让众多的国有中小型企业伴随着这些"打造"一新的"巨舰"前行，从而使国有企业整体达到更高、更新的标准。这是天津国有企业改革当中一条非常成功的经验。

天津光电通信公司总经理张秉军，当年大学毕业分到这家军工企业，看着车间里从国外引进的精良的设备，整整一年就是无事可干，订货单从上年的99%降到了零。

落户于天津的摩托罗拉、富士光机等跨国公司，给他们提供了广阔的生存空间。按照这些大公司的标准和技术要求，企业进行了两次重大技术改造，先后有15名中层干部、50多名技术工人受到摩托罗拉的培训，企业成为这些国际大公司的配套产品基地，并进一步发展成为国家信息产业中的高新技术企业。

天津积极为中小企业与大型三资企业牵线搭桥，引导国有中小企业为大型合资企业提供配套服务，既满足了国外资本"本土化"的要求，又救活了一批中小企业，从而形成吸引一个跨国公司，带动一批中小型企业和一个产品的喜人局面。

天津以原国有大中型企业为母体，嫁接改造形成了三星电子等一批大型企业的同时，又使300多家国有中小型企业和400多个产品为它们配套，累计实现配套产值450亿元，平均国产化率达到75%，平均本地化配套率达到80%。

配套不仅使不少国有中小企业迅速扭亏为盈，更重要的是，产品达到国际水平，跻身国际市场，竞争能力大大提高，管理水平也有了质的飞跃，使企业在产品质量、技术水平、管理手段上都瞄准了国际先进水平。

天津国有企业在嫁接改造中与国际市场对接，跳出了低水平竞争的圈子，而且为乡镇、私营企业发展腾出了空间，使天津的产业结构和经济格局分布更加趋向科学、合理。

## 依靠改制寻找企业出路

改革能使企业焕发勃勃生机，创造不同凡响的业绩，能激发企业员工更上一层楼的雄心。

作为云南省德宏傣族景颇族自治州率先改革的试点企业，宏宇集团发挥了全州企业改革的窗口、排头兵和试验田的作用。

对于改革崛起，宏宇集团员工早就有着太多的期盼。当德宏边贸蒸蒸日上、如火如荼之时，集团董事长段贵文却不得不面对自己企业的"窘境"而扼腕叹息！

1996年，国家外经贸部批准成立的德宏国际经济技术合作有限责任公司是云南省仅有的5家国际公司之一。但是，由于受国家宏观调控政策的影响，德宏边贸一度下滑，风光不再。

虽说头上戴着"国企"的帽子，可公司却面临着一种常人想都不敢想象的僵局：无任何资产，无一文资金，一切从零起步，4名员工，从总经理到员工4个月内没有领过工资，出差完全靠个人垫资，就是从事经营活动，哪怕是总经理也只得靠骑自行车、租车、借车。

面对这一窘境，具有开拓创新精神的公司领导班子转变思维，把公司单一的以一般贸易、边境贸易为主的业务，转为对外工程承包、劳务输出、出国人员培训及汽车销售等多元化经营，以此作为企业走出困境的突破口。

于是，本着"一年求生存，两年打基础，三年成为全州外经贸骨干企业"的目标，公司领导依靠德宏区位优势，抓住公司管理人才优势和位居国家级口岸的优势，积极寻求国际间经济技术合作的机遇。

奇迹终于出现了，仅短短一年时间，公司就完成进出口总额500万美元。

在激动兴奋之余，是深深的思索：改制。在激烈的竞争中，只有改制，企业才有出路。

就在全社会都对改革抱有怀疑态度的时候，公司领导果断向州政府提出了把德宏国际公司作为全州国企改革的试点率先改制的要求。

在州委、州政府的关心支持下，1998年初，德宏公司在政府没有对国家正式职工、企业管理干部做任何政策补偿的情况下，顺利完成了改制，建立了有限责任公司，成为全省外经贸系统中最早改制的企业之一。

从成立到成长为全省外经贸骨干企业，富有远见卓识和外贸经商头脑的段贵文就意识到了外经贸企业竞争的激烈性和残酷性，意识到如果长期只在国际经济技术合作和进出口业务这个领域经营，企业发展空间单一的弊端就会暴露出来，经营就会受到限制。

要想进一步发展壮大，企业就必须调整经营结构，开展多元经营。

为此，在2002年，公司又提出了第二个"三年发展计划"，即在3年内调整公司的经营结构，走内外贸易相结合、产业和流通相结合的综合发展的路子，把企业发展成为全方位、跨行业、宽领域、多功能、综合型的集团公司。

从企业发展壮大的战略考虑，国际公司成立后，除大力开展对外工程承包、对外贸易，发展成为德宏州的骨干企业外，还要积极调整经营结构，开展全方位多层次的跨行业经营。

2004年2月12日，国际公司与州政府签订了《承债式收购德宏州物资总公司协议书》，并在3月16日挂牌成立了德宏升盈物资有限公司，走出了一条跨越所有制形式兼并重组的成功道路。

在收购重组物资公司的过程中，公司充分体现了以人为本的管理理念，率先在国企改革中作出了3个承诺，即职工的身份置换资金及时足额、分文不差地到位；保证愿意留下来的职工一个不下岗；保证改制后员工的工资比改制前提高。

果然，这一年，公司提前实现了第二个"三年发展计划"，并在此基础上建立了具有一定综合实力的企业集团，即德宏宏宇实业集团。

可改革并非一帆风顺。德宏升盈物资有限公司成立后，职工担心民营企业兼并降低身价。

为打消职工的后顾之忧，集团领导通过个人谈心、开会等形式，晓之以理，动之以情，帮助职工转变思想观念。

同时，动以真情，在改制后的第一个月，员工人均工资比改制前增加了250元。

这一成果强烈地撞击着员工的心灵，大家在对比反思中达成了共识：只有改革才有出路。

从此，员工多了一分干劲信心，公司的凝聚力大大增强，经营局面得到改善。当年的经济收益同比上涨达20%，实现赢利17万元，取得了政府满意、员工满意、企业满意的多重效果。

在重组兼并国有企业的过程中，国际公司充分看到老员工在国有企业多年的引导、培养下具备的许多优秀品质，如他们娴熟的业务技能，以及敬业爱岗、忠诚企业、团队合作的精神等。

如果把他们的优势看作企业发展的重要内容，尊重、理解、关心他们，那他们不仅不是企业的包袱，而且还是企业经营的资源。

2004年，公司挂牌成立了"德宏民用爆破器材专营有限公司"，起用老职工为经理。针对原机制不活、业务不熟等情况，公司采取"走出去"的办法，送员工到北京、昆明等地学习，并派出业务员到生产厂家培训，员工业务水平大大提高。

领导的"苦心"换来了国际公司员工的勃勃生机。大家一改往日懒散、自卑、萎靡的精神状态，"要有目标，但不能压指标；要有比较，但不能盲目攀比；要有危机感，但不能浮躁"的"三有三不"已成为员工的座右铭。

从当初改制时的举步维艰，到后来出现产销两旺的大好局面，在段贵文的带领下，企业走过了一条奋斗、创新、改革、发展的辉煌之路，成为德宏外经贸经济领域一颗耀眼的希望之星。

## 改革产权制度增强活力

四川省第十一建筑工程公司宜宾分公司，紧紧抓住宜宾市作为中小城市改革试点的机遇，顺应改革发展的新形势，在市政府和华西集团公司的支持下，按照建立现代企业制度的改革方向，把着力点摆在由国有独资的分公司转变为多元股权结构的法人实体和市场竞争主体，向产权制度改革迈出了可喜的一步。

四川省建十一公司宜宾分公司拥有在册职工 1153 人，固定资产原值 1659 万元，对公司实行承包经营，按承包合同，每年上缴给公司各项费用，从 1996 年的 354 万元增加到 1997 年的 515 万元。

以前由于产权不清，政企不分，分公司的发展受到了严重的制约。企业与职工之间没有紧密的利益关系作为联系纽带，致使广大职工的积极性没能充分地发挥出来。

在 1997 年下半年，分公司领导层与职代会经过充分酝酿决定，将分公司改制为公司控股的、有内部职工参股的有限责任公司。

1998 年 3 月，在宜宾市工商部门完成了有限责任公司的注册登记手续，成立了四川华西集团宜宾建设有限公司。

经过两年多的运作实践，企业增强了活力，公司面貌大为改观。在 1998 年，公司完成建筑业总产值由前 3 年平均水平的 1.08 亿元增至 1.34 亿元，增长 23%，实现利税增长 39%。

同时，确保了国有资产的增值和收益，改制两年后，华西集团宜宾建设有限公司净资产为 1601 万元，增长 96%。有限公司国有股本红利收益 406 万元。

当时，有限公司国有法人股本为 1420 万元，在原有基础上增长 40%。职工个人股本除获得每股 0.2 元现金红利收益外，每 10 股配送两股的股权收益，在实行按劳分配的同时，初步实现了按资分配。

有限公司在较短的时间内取得成效，使企业摆脱困境，获得生机，首先是因为他们实行了产权制度改革，实现了"工者有其股"，形成了"所有者到位"的产权关系，提高了广大职工的参与意识。

其次，内部职工持有 22.99% 的个人股份，也成为股东，大家同在一条船上，广大员工既是企业耕耘者，也是企业的直接所有者，建立了职工与企业利益同享、风险共担的经营机制，增加了企业的凝聚力。

三是通过改革的探索促进了企业内部管理制度的改进，企业的产业结构渐趋合理，经营规模不断扩大，总体实力和创新能力逐步增强，使有限公司进一步开拓了市场，以一流的服务、一流的质量取胜于宜宾建筑市场，深受各业主和广大用户的好评。

此时，公司的业务范围已形成以建筑安装为主，装饰装修、加工、服务为辅的多元化的经营格局。

在改制之前，分公司的净资产为814万元，通过资产评估，募集个人股本，公司净资产达1322万元。其中，职工个人出资303万元，这笔股本金为自有资金，不需还本、计息，年终派送股份又一次增加个人投资，且留于企业内以求发展。

这种积累资金的优势是传统国有企业所不能比拟的，从而给企业带来了更多的生机与发展的活力。

## 大力推进国企综合改革

在进行企业改革的过程中，全国坚持以产权制度改革为突破口，大刀阔斧推进国有企业综合改革，解决国有企业深层次的矛盾。

2000年6月，广东省澄海市出台了《澄海市国有工业企业综合改革实施方案》和相关配套措施，由地方财政垫付4000多万元资金妥善安置员工，对企业资产进行清理、界定，采取破产或产权转让等形式处置、盘活存量资产，依法按章化解企业债务，使12户工业企业退出国有经济领域。

澄海酒厂通过用工改革，在生产和经营方面重新焕发了生机活力。企业经济效益由改革前的亏损26万元，至2001年已扭亏为盈，盈利17万元，职工平均工资也比改革前提高了16.3%。选庄"狮泉玉液"牌酒及"选庄老窖"酒，被评为广东白酒质量信得过产品。

澄海市把国有企业改革领域从以工业企业为主，扩大到商贸、粮食、外经贸，并将扩大到交通、建筑以及文化等国有企业。

至2001年6月，澄海市共完成友谊公司、原料化工公司、百货公司和纺织品公司等国有商业企业的产权改革和用工制度改革。

与此同时，澄海市积极落实与国有企业改革相配套的政策措施，着力抓好社保覆盖面和社保基金征缴工作，安置了1786名下岗职工再就业，保证了改革顺利进行和社会的稳定。

在实施企业改革的进程中，广东省高州市第一机械厂以科学发展观统领全局，不断解放思想，实施企业体制改革，使企业走出了低谷，业务不断发展壮大。

高州市第一机械厂是中国砖瓦协会及国家建材标准化委员会认定的砖瓦机械定点生产厂，也是华南地区老字号、大规模、专业化的砖机制造企业。

在1999年以前，高州市第一机械厂是老国营企业，后改为股份合作制企业。2008年4月，正式转制为民营企业。

机械厂实施企业转制后，重新健全了领导班子，不断加强内部管理，建章立制，以制度管理企业，使企业的内部管理有条不紊。

同时，机械厂依靠科技力量，通过技术创新改造落后的生产工艺流程。淘汰高能耗设备，安装使用现代化节能设备，大力推行资源综合利用，扩大了生产、经营，降低了生产成本。解决了原来国营企业全部职工140人的就业问题，消除了国营企业职工懒惰依赖思想，使职工领悟到"危机"感，有效地调动了职工工作的积极性，提高了职工的收入。

机械厂还制订了新的管理方案，通过调整商品格局，认真抓好"高机牌"各型制砖机、水泥砌块成型机、灰沙砖机的生产，以优质的产品赢得顾客的信任，打开销路，使企业不断发展壮大。

同时，机械厂还坚持以人为本，关心员工生活，丰富员工的文化生活，还为员工购买医保、社保，解除员工的后顾之忧。

高州市第一机械厂成功改制后，就着力抓好企业的诚信建设，不断提高企业的知名度和信誉度。为此，该厂加强对质量工作的组织领导，明确产品质量的职责，形成了谁主管谁负责的层级管理体系，实行级级分管，层层落实。

同时，高州市第一机械厂坚持以顾客为中心，树立了为顾客增创价值的服务理念，积极创建服务品牌，打造优质服务环境，以诚信经营求信誉。从而，激发和唤起了社会各界对高州市第一机械厂的认同，赢得了广大客户的关爱。

# 纺织业积极推行产权改革

纺织企业是我国的传统产业,随着时代的发展变化,纺织企业相继陷入了困境。但在困境中通过破产、兼并、资产重组、易地置业、退二进三等多种形式积极推行企业产权制度改革,使企业逐步摆脱了困境,焕发出勃勃生机。

2002年,河南省开封市生产正常的纺织企业由6家增加到15家,盈利企业由两家增至7家,三年实现利润分别增长35.2%、35.9%和90.4%,经济形势逐年好转。

为此,开封市纺织工业局连续三年获得全市工业系统"经济工作先进单位"称号。

开封市共有纺织企业24家,大多是20世纪五六十年代组建起来的老企业。由于机制不活,历史包袱沉重,生产经营困难,职工上访不断,令市领导深感"头痛"。

1999年纺织局新班子上任后,从改革找出路,以发展求稳定,积极探索公有制的多种实现形式,因厂制宜,一厂一策,有组织、有计划地把国有存量资产从一般竞争性行业中退出,实现了国有经济和产业结构的重大调整。

开封纱厂、开封纺织科研所率先改制为股份制企业。开封印染厂和开封化纤染织总厂实施规范破产,共核销呆坏账9000多万元，收回变现资金7000万元，妥善安置职工3250名。

开封东风服装厂和隆泰服装厂合并，成立了开封泰盛制衣有限公司，实现了集体企业股份制改革零的突破。市纺织器材厂利用土地级差，实施"易地置业"，一举甩掉了1200万元的债务，并获得开发商700万元的投资，新建占地30亩的厂区。

银光科技公司实施老厂整体搬迁，厂区由原来占地1.5亩扩至40亩，解决了该公司多年生产场地小、发展规模受限制的老大难问题。

省第三纺织器材厂改制为恒大纺织器材有限公司，建立了新的管理运行机制。

全市24家纺织企业中，有17家实施了改制、破产、租赁经营、合资合作等不同形式的改革，5家实施了"退二进三"、土地置换、兼并联合等形式的改革，同时投资2343万元进行技术改造，增强了发展后劲。

此外，开封市纺织企业协会努力发挥自身优势，当好政府和企业之间的桥梁纽带，在加强行业调研和行业协调的同时，积极向上级有关部门反映企业诉求，提出意见建议，取得了一定成绩。

在纺织行业发展最为困难的时期，市场形势变化剧烈，给许多中小企业带来方向性困惑。

开封市纺织企业协会充分发挥熟悉行业情况优势，及时深入调查行业发展中的热点难点问题，向政府部门反映行业态势，提出建议。

2008年上半年，开封市纺织企业协会根据市场态势和企业经营环境的变化，分别于1月和5月进行调研，提交了《棉纺行业出现预警应引起高度关注》《电价过高企业难以承受纺织行业担心失去支柱地位》两篇报告，引起了市领导的高度关注和工作协调。

2008年5月，纺织协会通过行业调研，又提出了《做强棉纺拉长链条推动我市纺织工业可持续发展——对我市纺织工业发展思路的探讨》调研报告，为政府制订行业发展规划提供了有力支撑。

2008年10月，全国纺织行业形势发生巨大起伏，针对棉纺行业如何应对宏观调控问题，该协会采取了下列措施：

一是及时举办"当前纺织行业形势分析及对策研讨会"，组织大家进行交流；

二是在世界金融危机发生后，急企业之所急，20天内4次找上级部门汇报行业情况，并提交了《应对金融危机我市纺织企业采取的措施和建议》调研报告，受到了市领导的充分肯定。

与此同时，协会注重做好各类服务工作，及时将自己掌握的各类信息向会员单位提供，多次举办和组织会员单位参加有关学习班、报告会、座谈会、技术交流会等，并帮助企业提高融资能力。

在协会的帮助下，通许华银纺织公司通过申报中小企业发展专项基金项目，无偿从国家获得了专项基金60万元，有力支持了该公司的技术改造。

通过一系列的企业改革和各方面的多方协作与支持，开封市的棉纺行业优势得以巩固，纺机、服装行业有了较快的发展。

## 加快转换企业经营机制

随着我国经济体制改革的不断深入，长期以来积聚的矛盾日渐显露，不少国有企业陷入了困境。

广东省佛山市是历史上有名的工业重镇，新中国成立后，佛山市借助原有的工业基础，催生了一批国有企业，形成了陶瓷、纺织、铸造、塑料、食品、电子等支柱产业，并一度在行业内独领风骚。

如何使国有企业走出低谷，让它们焕发出新的活力，成了佛山市国企改革的主旋律。

佛山国有企业义无反顾进行了改革。几年下来，通过股份制改造、产权转让、租赁经营、抵押承包、关停、拍卖、兼并、破产等多种形式，转换企业经营机制，放手让企业经营者和股东贴身经营，救活了大批国有企业。

转制后的企业，建立和健全了管理机制、分配激励机制和人才竞争机制，充分调动了经营者和生产者的积极性。

转制后，企业90%以上运行良好、效益显著提高、经营状况明显改善。

国企改革离不开政府的支持。

佛山市各级政府制定了一系列的扶持政策，通过加大资产重组力度，加快骨干企业和支柱产业发展；吸收社会资本和民间资本,发展壮大优势企业;加大对骨干企业的技改投入,推动企业科技进步和产业技术升级等措施,使国企改革收到了事半功倍的效果。

多年来,佛山各地采取优势叠加和资源整合的原则,对部分产业、产品相近的国企实行联合,做大做强了一批优势企业。

通过调整改造、剥离激活等措施,逐步形成了电建、华新、照明、海天、正通、通宝、新纺织、佛陶等一大批骨干企业,并带动了相关产业的发展。

改革,使大批国企走出低谷,重塑辉煌。到2000年底,佛山市国有及国有控股工业企业的亏损面下降至16.7%,实现了国家要求的重点脱困企业三分之二能走出困境的目标。

如果说国有企业曾经支撑起整个经济架构的话,那么,在经过"重生"之后的国企和国有控股企业,在新一轮经济发展中,也将展现出新的优势、创造出新的辉煌。

在2002年之后,佛山市国有以及国有控股工业企业加大改革力度,狠抓企业管理,并且积极地开拓市场,使生产增长速度明显加快,运行质量不断提高。

2002年1月至5月,佛山市112个国有及国有控股工业企业完成产值72.13亿元,同比增长17.2%,扭转了2001年二季度至四季度一直微幅增长甚至下降的局面。实现利润同比增长41.8%,增幅位居全省各地级市前列。

佛山市国有及国有控股工业企业生产增速明显加快，一方面得益于外部环境的好转。国家扩大内需政策的持续作用，使市场需求稳步增长，欧美经济缓慢回暖，出口形势好转。

另一方面则归功于企业自身实力的不断增强。一些企业通过技术改造，扩大适销对路产品的生产能力，发展后劲增强，同时通过积极开拓市场，改善营销策略，使企业呈现产销两旺的良好势头。

如佛山蓝箭电子公司和青岛啤酒三水有限公司通过技改扩能和大力开拓市场，实现了产销两旺。

部分企业转制后重现生机，如原三水市金石化工有限公司被外地企业收购，于2001年下半年复产以后，产销状况良好，2002年1月至5月，累计产值增幅达到2.7倍。

除此之外，佛山照明公司、佛塑集团股份公司、南方印染公司等企业在生产上保持了稳定的增长，在佛山市国有以及国有控股工业企业中发挥出了中流砥柱的作用。

在加快生产增速的同时，佛山市国有及国有控股工业企业的运行质量也在不断提高。

一方面表现为产销衔接较好，另一方面表现为亏损企业亏损额大幅下降，利润总额明显增长。

在几个主要盈利大户中，佛山电器照明公司、佛塑集团股份公司、三水健力宝饮料公司等企业，实现利润都大幅增长。

此外，南海卷烟厂、佛山华丰纸业有限公司、三水健力宝塑料制品公司等许多企业，利润增幅均超过一倍。

这批企业对佛山市国有及国有控股工业整体经济效益的提高起到了举足轻重的作用。

## 国企实施体制改革获成效

改革不仅打破了桎梏国有企业发展的坚冰，优化了市场经济发展环境，更重要的是考验和锻炼了干部队伍，转变了人们的思想观念，使全社会对改革、对发展有了新的认识。

自 2002 年 6 月 29 日江苏省镇江市召开国有企业改革动员大会之后，经过全市上下历时三年多的共同努力，新一轮国企改革顺利实施到位。

在新一轮的国企改革中，镇江市坚持全面推进、分类指导、因企制宜的原则，以产权改革为核心，根据企业的不同性质和类型，有计划、有步骤地改革体制机制。对部分过去已改制企业中存在的不规范、不完善之处，依照有关法律、法规和政策进行规范和完善。

同时，积极帮助、指导已经退出国有资本的企业建立和完善现代企业制度。改制后的企业，产权关系明晰，法人治理结构到位，真正成为自主经营、自负盈亏、充满生机和活力的市场竞争主体，标志着镇江市国企改革取得了实质性的突破。

镇纺集团在改制前，每月亏损额高达 500 多万元。2005 年下半年，镇纺集团引进宁波维科集团进行重组，当年就实现了扭亏为盈。

华东铝加工厂也是一个长期亏损的大户，改制前每月亏损600多万元，到2002年上半年，累计亏损已达2.4亿元。如果实施破产，不仅全厂职工就业成为一大难题，而且曾经作为镇江四大支柱产业之一的铝材产业将不复存在。

2003年底，江苏常发集团和浙江鼎胜铝业集团共同出资收购华铝的有效资产，老厂退城进区，在京口区新建一个10万吨铝材厂，并吸纳了500名原华铝职工。

焦化煤气集团结合改制，与世界500强的中化国际贸易股份有限公司结成战略合作伙伴，组建了中化镇江焦化有限公司，共同投资4000万美元，在丹徒经济开发区新建年产70万吨的特种炭材项目。

建成后，当年可实现销售收入10亿元、利税两亿元；到2010年可实现销售20亿元、利润3亿元以上，成为名副其实的"特种焦炭大王"。索普集团通过实施增资扩股改革，为企业发展带来新的机遇。

经过一系列的改革，国有企业改制获得了巨大成功。一批规模国有企业，或重新焕发了生机，或更加强壮并取得了前所未有的效益。

## 借上市之机建立现代企业制度

2003年,随着国资委的成立及此后《企业国有资产监督管理暂行条例》的颁布实施,国企改革也因此掀开了崭新的一页。

在这波澜壮阔的国企改革中,中国电信借上市契机,加速企业转型,在市场竞争日益激烈和固网业务日益遇到分流的情况下,适时建立适应市场经济发展需要的体制,不断提升企业的核心竞争力,并由此产生倍增效应获得生机。

作为国有特大型企业的中国电信,遵循国资委对国有资产保值增值的要求,稳步推进企业内部改革,加强业务创新和市场拓展力度,不仅开发出互联星空、"星动特区"等业务品牌,还实现并超过了全年的业务经营目标。

根据中国电信发布的全年业绩来看,在2003年,中国电信集团实现通信主业业务收入1452亿元,同比增长8.37%;全年新增电话用户2885万户,电话用户总数达到1.62亿户;以宽带业务为突破口,打造中国电信互联星空品牌,新增宽带用户484万户,达到735万户。

所有这些都表明了上市改革不仅使中国电信可以从容应对市场竞争,而且激发了中国电信迎难而上的动力,焕发出新的生机。

同时，中国电信坚持在发展中改革、在改革中发展的思路，按照"整体上市，分步实施"的原则，不断深化体制改革，加快集团整体上市的步伐。

2003年12月15日，中国电信股份有限公司召开特别股东大会，通过了董事会对收购安徽、福建、江西、广西、重庆、四川资产的提案。

时任中国电信集团公司副总经理的李平曾表示，中国电信上市主要有3个目的，即：

1. 通过上市，使企业融资渠道多元化；
2. 通过上市，加快进行大型国有电信企业的转制；
3. 通过上市，进一步提高管理的效率和管理水平。

上市改革不仅为中国电信的可持续发展注入了不竭的动力，同时也产生了"辐射效应"，使中国电信集团的整体竞争力得到了很大的提升。

制度高于技术，中国电信建立了现代企业制度，并通过上市改革，把国际先进的管理理念贯彻到经营实际中，形成了新的与国际接轨的经营模式，从而把机制改革的效果逐步转化为生产力。

党的十六届三中全会，进一步提出要"使股份制成为公有制的主要实现形式""建立归属清晰、权责明确、保护严格、流转顺畅的现代产权制度""增强企业活力和竞争力""打造具有国际竞争力的大企业集团"等一系列深化国有企业改革的措施与要求。

国企改革，制度高于技术。为了响应党中央的号召，中国电信围绕建设世界级现代电信企业集团的战略目标，积极转换企业经营机制，建立了适应社会主义市场经济要求的现代企业制度，并通过实施流程重组和5项机制创新，积极探索和实践"以市场为导向、以客户为中心、以效益为目标"的新型企业运作模式和管理机制。

机制创新给企业的发展注入了巨大的活力。面对全球一体化的趋势和新的市场环境，中国电信通过建立现代企业制度，把国际先进的管理理念贯彻到经营实际中，进而将机制改革的效果逐步转化为生产力，有力地推动了企业的持续稳定快速发展，有力地推动了国民经济的发展和社会信息化的进程。

## 大刀阔斧改革内部机制

过去，一提到吉林省前郭尔罗斯蒙古族自治县的红星牧场，人们的头脑中就会闪现一个字，那就是"穷"。

到 2002 年底，企业负债 1600 多万元，在岗职工人均月工资仅为 120 元，退休职工每月也只能开 160 元，机关食堂都开不了火。

县里派去的领导干部，谁去谁头疼，谁都不愿去。全场干部职工人心涣散，企业几乎到了绝境。

可是，后来的红星牧场面貌变了，不但还清了大部分欠款，职工工资得到全额发放，而且项目开发、招商引资等各项工作，均走在了全县各农场的前列。全场正朝着建设社会主义新农场的目标阔步前进。

2003 年初，县委重新调整了红星牧场领导班子，原八郎农场党委书记庞国文带着县委领导的信任与重托走马上任了。

为了尽快摆脱企业困境，庞国文一心扑在事业上，几乎很少回家。吃住在单位，经常带着班子成员深入基层，了解企业生产经营情况。走访老职工，召开职工代表大会，共同分析场子这种局面产生的原因和解决的办法。

过去的一些上访户、贫困户听说场里来了新领导，又都找上门来。对群众反映的问题，庞国文能给解决的马上解决，不能立即解决的，耐心做群众思想工作，争取群众的理解。

生活确实困难的职工找到庞国文，庞国文常常是自掏腰包给予援助，最多时一次借出 2000 元钱，不少人连姓啥都不知道。庞国文用自己的责任心和爱心，赢得了群众的信任。

广大干部职工见新班子是真想事，想干事，各个看在眼里，喜在心上，也都积极地参与到改变企业面貌的工作中来。

经过一个多月的调查研究和座谈讨论，全场干部职工在思想上达成了共识。大家一致认为，场子之所以走到这种地步，主要原因是管理不善，特别是财务管理混乱，机构臃肿，工作效率不高。

随后，场党委针对内部机制、体制上的弊端，从每一个细节入手，进行了大刀阔斧的改革。

一是改革财物管理制度。庞国文上任后，首先翻阅了企业的所有账目，全面掌握了企业财务状况，厘清了债权和债务。然后严格财务管理制度，实行收支两条线，杜绝坐支。一把手不直接分管财经，交由副手管理。

实行财务公开制度，每月制订财务开支计划，报场党委会讨论通过后，方可列支。不在计划内的开支，坚决不予列支。只要是花钱的地方，笔笔都让大家心中有数，给群众一个明白，使财务管理混乱现象得到了根治。

同时，加强后勤和食堂管理，对食堂伙食定出标准，无论是场里干部职工就餐，还是接待上级来客，一律不准上饭店，就在食堂招待。取消5个分场招待费用，分场来客一律到场部机关食堂统一招待，各项费用支出都从总场一个"出口"走。每年可节省招待费、办公费近10万元，有效地防止了资金跑冒滴漏现象的发生。

二是精简机构和人员，减轻企业负担。针对机构臃肿、人浮于事的实际状况，在摸清人员底数和工作量大小的基础上，制订了全场机构改革方案，并在职工代表大会上通过。

通过改革，共精简招待所、机关食堂和分场富余人员30人，仅武装部长一人就兼宣传委员、团委书记、后勤、食堂管理员等多职。分场只保留一名场长，其余人员全部分流。

与此同时，出台相应的方案，经职代会通过后实施，使8个没有生存价值的二级企业成功解体，只保留了学校和供电所，分流46人。通过裁员节支，每年可为总场节约人员经费支出近40万元。

对于所有被裁掉的职工，总场采取鼓励其从事第三产业，总场为其缴纳养老保险金等办法进行安置。对于没有能力从事其他职业的工人，场子按照职工年龄建立档案，把收缴上来的退休职工的土地，按照年龄大小顺序分配给他们。年龄大的优先分得土地，年龄相同的，生日大的优先。直到把当年收回的土地分完为止。

下一年收回的退休职工土地，按照此办法再分给上一年未分得土地的职工，并张榜公布，接受群众的监督。

原二级企业职工陆淑梅下岗后，场里帮助协调了一块地皮，建起了全场最大的百货批发，每年收入两万多元，是上班时工资收入的3倍。

陆淑梅深有感触地说：

> 下岗失业后，场里并没有把我们扔到一边不管，而是时刻为我们着想，帮我们解决各种困难，真是改革无情人有情啊。我们这些人打心眼里感谢场领导，支持场里的改革。

此外，总场着力深化改革职工养老统筹金收缴办法。过去，职工养老保险统筹金由企业和个人按比例上缴，企业负责16%。企业承担的这部分，往往因为资金短缺不能及时上缴，职工对此意见非常大。

新班子组建后，借鉴宁夏地区农场的经验，对耕地"一田制"进行了改革，实行承包田和养老保险统筹田相结合的"两田制"，把企业应承担的16%的养老保险统筹金以土地的形式转嫁给职工，企业不再为职工交养老保险统筹金。

用庞国文的话讲就是："千斤重担大家挑，人人身上有指标。"

为使改革的目的得以实现，场领导们起早贪黑研究政策，对场内耕地重新进行了实拉实测，并张榜公布。

从退休老干部、老职工入手，先后在各分场开了8场座谈会，认真细致地做职工思想工作。经过班子成员的共同努力，全场职工不仅打消了思想顾虑，而且对这次改革非常赞同。全场共为1117名参保职工划拨养老保险统筹田446.8公顷。

分田到户后，职工为了解决自己的养老问题，每月都能及时足额缴纳养老保险统筹金，既免除了职工的后顾之忧，又减轻了企业负担，实现了企业和职工的双赢。

通过一系列的改革，广大干部群众看到，新组建的领导班子有胆有识，真想干事，也能干成事，全都动真格的，原本散了的心又重新聚到一起，工作干劲十足，机关作风明显改善，工作效率显著提高，使企业重新焕发了生机。

## 规范化改制取得明显成效

自新一轮的企业改革开始之后,全国企业从产权制度改革入手,以股份制、出售、破产重组为主要形式进行规范改制,取得了明显成效。

甘肃省武威市在总结以往企业改革经验教训、借鉴外地成功经验的基础上,又安排部署了全市新一轮企业改革,注重产权改革的彻底性、机制转换的彻底性、职工身份置换的彻底性。

为进一步深化企业改革,武威市从建立与市场经济相适应的企业运行机制入手,全面启动农垦、粮食、流通和公路交通等领域的国有企业改革,以及相关管理体制的配套改革,加快建立和完善现代企业管理制度。

对于已完成改革的企业,充分发挥企业和政府两方面的积极性,继续推进规范的公司制改革,以进一步建立和完善与市场机制相适应的企业内部管理制度为核心,不断完善企业法人治理结构,落实出资人制度,强化企业管理和自主创新能力,提高企业运行质量和效益,切实增强其市场竞争力。

甘南藏族自治州国有企业改革攻坚也取得了重大进展。一大批国有企业通过改制和重组焕发了新的生机。

甘南州因企施策,注重实效,进行了多次探索和实践，产权结构调整取得了一定的成效。全州列入改制计划的国有企业共 153 户，按照"动产权，转机制，变身份，增效益"的思路，以"国家增税，企业增效，员工增收"为目的，以企业产权制度改革为核心，以"两置换一保障"为突破口，彻底转变企业经营机制，实现国有企业战略性改组和结构性调整。

对负债相对较大、自身无力发展，但产品有市场、发展有前景的企业，通过招商引资，实施产权转让。全州实施产权转让的企业共 69 户，产权转让总额 2.73 亿元，全部组建为新的民营企业。

对部分负债小或发展前景看好的企业，在企业职工自愿的前提下，实行股份合作制改造，明晰产权，进一步完善法人治理结构，完全按市场经济对现代企业的要求运作，退出国有序列。

全州股份制改造的企业共 15 户，改制后的股本总额为 1664 万元。对部分资不抵债、发展无望的企业，实施政策性破产。对部分县市供水、供热及加工企业，实施了租赁、嫁接等改制形式。

2006 年，甘肃省永昌县粮食系统加快改革步伐，大力推进资产重组和体制机制创新，使国有粮食企业跃出低谷，实现了企业增效、财政增税、职工增收的预期目标。

永昌县粮食局以产权制度改革为核心，因企施策，完成了 4 家工业和经营性企业的改制改革任务。推进购销企业战略性重组，以优势企业、优势资源为依托，整合资源，将原来13家国有粮食购销企业整合重组为4家国有控股的粮食公司。

县上采取财政补助一块、资产变现一块、企业积累一块的办法，累计筹措改革资金520万元，使粮食企业职工得到了妥善安置。

同时，抓住时机，积极解决粮食企业长期悬而未决的"老粮""老账"问题，为国有粮食企业轻装上阵，参与竞争提供了有利条件。

此外，全面推行企业劳动用工和收入分配制度改革，建立起了与现代企业制度相适应的用人机制和工资分配制度。

永昌天寿面业公司、永昌植物油公司两家企业完成改制改革后，着力打造"昌雪"面粉、"天泉"食用油两个优质粮油品牌，在省内外市场形成了较强的竞争力，年产值占全县粮办工业经济总量的70%以上。

甘肃省大部分国企在通过重组后都走上了经济快速发展的轨道。

## 改制使老企业焕发生机

实行整体转制改革，调整经营结构，深化内部机制改革，创新运营模式，能够使老企业焕发出勃勃生机。

河北省新华书店集团成立于1996年，由省、市、县三级新华书店共158家成员单位组成。按照中央大力推进文化体制改革的有关精神，2005年10月，河北省新华书店集团正式由事业单位转为企业，成为一家国有独资的大型文化企业集团。

河北省新华书店集团公司董事长、党委书记张军良说：

> 刚开始转制的时候，职工们的疑虑比较多。我们坚持以人为本，一切按程序办，严把清产核资、资产界定、财务审计等关口，防止私分资产、暗箱操作等不规范做法。在转制文件起草阶段，重要政策文件均经职工代表大会审议表决通过。
>
> 对职工选择提前退休、提前离岗、自谋职业等坚持自愿原则，单位不做强制性规定，同时明确转制主要是变更劳动合同，而不是解除劳动关系。

由事业单位转变为企业后，河北省各级新华书店员工总数由 7002 名减少到 5427 名，并全部实现了身份置换，与企业建立了新型劳动关系，使河北省新华书店集团公司完成了从依附于政府搞经营到完全自主经营的转轨。

河北省新华书店集团公司副总经理田建辉说，集团明确提出在"十一五"期间，要将多元化经营业务发展成为集团公司重要的销售和利润支撑点，要依托新华书店数十年来形成的品牌优势、网络优势、场地优势、资金优势，以及正在建设中的信息物流系统，通过连锁经营的方式，逐步向全省铺开。

2007 年 4 月，集团公司对经营机构设置进行了改革，除教材公司外，其他公司完全按市场化经营模式运作，新组建了跨行业经营的物流公司、物业公司和通信公司。

隶属于河北省新华书店集团公司的汇文大酒店，是一家四星级旅游涉外酒店，2006 年营业收入达 1900 万元，利润达 270 万元，成为新华书店集团公司重要的利润支撑。

在集团公司的大力推动下，河北省基层新华书店也结合当地实际，积极探索产业多元化的新途径、新思路，并呈现出良好的发展势头。

为构建与现代企业制度相适应的内部运行机制，在 2007 年 4 月，河北省新华书店集团公司完成了历史上规模最大、范围最广的三项制度改革,即:集团总部中层干部竞聘上岗、员工双向选择和新的薪酬制度启动工作。

在员工双向选择过程中,每位员工可自愿填报两个志愿,由所报单位进行自主选择,而如果没有部门愿意接收,员工将待岗。

中层干部竞聘,采取自愿报名、演讲答辩、民主推荐的方式进行。

在竞聘之前,原集团公司总部所有中层干部全部被解聘,与普通员工站在同一条竞争的起跑线上。除集团公司总部全体员工可自由报名外,市级店班子副职,可以参加总部中层正职的竞聘。市店中层正职和县级店经理,可以参加总部中层副职的竞聘。

经过一轮轮紧张激烈的遴选,在报名参加竞聘的152人中,最终有45名优秀人才脱颖而出。其中,来自市、县店的13名竞聘者中,有一名被集团公司总部聘为部门副主任,原集团公司总部的7名中层干部在这次竞聘中落选。

复员转业军人刘旭飞是在2007年2月到新华书店报到的,接着就赶上了用工制度改革。刘旭飞选择了给图书打包装货的岗位。

刘旭飞说:"现在我负责少儿艺术类图书的上书下架工作,喜欢干这个,干多了会挣得多点,对岗位和报酬都算满意。"

河北省新华图书连锁公司总经理赵国平说:"现在正

式工开始干具体工作，真正'干活'了。而过去这些工作都是临时工才干，正式工一般就是坐在办公室喝茶看报。"

转制后，部分临时工被清退。由于领导是竞争上岗、工人是岗位双向选择，因此，大家并没有什么抵触的情绪。

对于转制后的工人社会保障问题，集团公司都统一上了养老保险、工伤保险等，并且严格实施了最低工资保障制度。

新华图书连锁公司副总经理宋雪钧说：

体制机制改革了，大伙干劲儿也足了。

# 本书主要参考资料

《中国经济改革30年》 王佳宁著 重庆大学出版社
《大转变——国有企业改革沉思录》 陈芬森著 人民出版社
《中国企业改革与发展案例》 张承耀主编 经济管理出版社
《现代企业产权制度》 杨瑞龙著 中国人民大学出版社
《中国经济改革理论与实践》 李忠凡主编 企业管理出版社
《我国经济体制改革的新思路》 杨培新著 三联书店
《股份制与社会所有制》 何伟著 科学出版社
《中国近代股份制企业研究》 朱荫贵著 上海财经大学出版社
《中国企业股份制的理论与实践》 曹凤岐主编 企业管理出版社
《企业兼并问题研究》 吴德庆 邓荣霖主编 中国人民大学出版社
《大型国有经济：主体股份制与增强控制力研究》 纪尽善著 人民出版社
《鲤鱼跃龙门——中国企业改革备忘录》 张承耀编著 经济科学出版社
《中国经济的发展：改革与借鉴》 杨德明著 当代中国出版社